地势坤，君子以厚德载物。

透过历史学唐诗

人生篇

蒙曼 著

北京燕山出版社
BEIJING YANSHAN PRESS

图书在版编目（CIP）数据

透过历史学唐诗 . 人生篇 / 蒙曼著 . -- 北京 : 北京燕山出版社 , 2025. 4. -- ISBN 978-7-5402-7370-5

Ⅰ. I222.742

中国国家版本馆 CIP 数据核字第 2024TB8216 号

透过历史学唐诗 . 人生篇

著　　者：蒙　曼
责任编辑：郭　悦　李瑞芳
装帧设计：何家仪
出版发行：北京燕山出版社有限公司
社　　址：北京市西城区椿树街道琉璃厂西街 20 号
邮　　编：100052
电　　话：010-65240430（总编室）
印　　刷：雅迪云印（天津）科技有限公司
开　　本：710mm × 1000mm　1/16
字　　数：110 千字
印　　张：12.25
版　　次：2025 年 4 月第 1 版
印　　次：2025 年 4 月第 1 次印刷
I S B N ：978-7-5402-7370-5
定　　价：56.00 元

目

录

喜

怒

哀

乐

怨

中国有人生四大喜的说法，即“久旱逢甘雨，他乡遇故知，洞房花烛夜，金榜题名时”。这四大喜中，除了“久旱逢甘雨”讲天时、反映农耕民族的经济底色外，其他三喜都是在讲人生际遇。诗人的心总是敏感而丰富的，所以，他们的喜绝不单单是喜上眉梢、喜不自胜，也会有回嗔作喜、悲喜交加。

喜

·司空曙《喜外弟卢纶见宿》·

亲人的含义，在不同的时代其实并不相同。现在的中国人，特别是城市人，往往是以小家庭的方式生活着，成员只包括爸爸、妈妈和孩子，他们是彼此最核心的亲人。其他的亲戚自然也有，但大多疏于往来，甚至只存在于概念中。但是，在古代，家庭的规模更大，家庭之外还有家族，家族之外还有密切交往的其他亲戚，父族、母族和妻族常来常往，亲人的范围比现在大得多，这也是中国传统文化的一个很重要的组成部分。

喜外弟[1]卢纶[2]见宿[3]

司空曙

静夜四无邻，荒居旧业[4]贫。
雨中黄叶树，灯下白头人。
以我独沉久，愧君相见频。
平生自有分[5]，况是蔡家亲[6]。

我是谁？

我是司空曙，字文明，洺州（今河北邯郸市永年区东南）人。我自小家贫，性格耿介，为人磊落。我还算有些奇才，是“大历十才子”之一，擅长写五律，诗作多写自然景色和乡情旅思，有的寄意幽远，有的直抒哀愁。

注释

① 外弟：表弟。

② 卢纶：作者的表弟，与作者同属“大历十才子”。

③ 见宿：留下住宿。

④ 旧业：指家中的产业。

⑤ 自有分（fèn）：一作“有深分”。分：情谊。

⑥ 蔡家亲：也作“霍家亲”，表亲的意思。

译文

夜深人静，周围一个邻居都没有，因为清贫，我的陋室孤零零地立在荒野中。

秋雨中树上的黄叶飘落，孤灯下只有我这个白头老翁。

我独自沉沦这么久，有愧于你经常来看我。

我们俩本来就是谈得来的好朋友，何况我们还是表兄弟呢。

这首诗好在哪儿呢?

先看首联："静夜四无邻，荒居旧业贫。"诗题是《喜外弟卢纶见宿》，可见卢纶是晚上来访。这一联其实是描摹卢纶来访之前的情形。夜深人静，司空曙的陋室孤零零地立在荒村之中，四周一个邻居都没有。这里既有诗人家道中落的个人因素，更有唐朝国势衰微的大背景。这个时期，唐朝刚刚经历过安史之乱，而诗人的家乡正是安史之乱的重灾区，大乱之后，残破不堪。

那颔联怎么接呢？"雨中黄叶树，灯下白头人。"屋子外面，秋雨潇潇，黄叶纷纷飘落。屋子里面，孤灯如豆，诗人这个白发老人垂头独坐。这一联写得真冷落、真凄凉，但也真好。

首联起，写秋夜荒村的大背景；颔联承，把镜头定格在诗人身边。这两联诗都在讲卢纶到访之前的冷落萧条。颈联该转了："以我独沉久，愧君相见频。"这是点题。就在这深秋夜雨的天气里，就在这孤寂悲凉的气氛中，诗人的表弟卢纶出现了，要陪老诗人度过漫漫长夜。他的到访，诗人应该喜出望外吧？！这两句表达的心情远不是喜出望外那么简单。我沉沦了这么久，你还不嫌弃我，经常过来看我，真让我惭愧。这里当然有喜。世态炎凉，人情冷暖，诗人既然"独沉久"，应该早已看够。正因如此，表弟不因为他失意而冷落他，反而频繁地来探访他，他才格外感动，体味到雪中送炭的温暖。但是，这情分又让他觉得惭愧。因为中国人都会有兴家立业、光宗耀祖的心志，现在诗人家业飘零，一事无成，成为让表弟卢纶牵挂、照顾的对象，他因此觉得难以释怀。所以，这一联诗确实是在转，由独坐转为客至，由悲凉转为欢喜，但是这欢喜不纯粹，夹杂着诗人对人生的感伤。

从悲到喜，悲喜交加，景色写到了，心情也写足了。接下来看尾联：“平生自有分，况是蔡家亲。”这一联诗是说，卢纶为什么来看我？因为我们俩本来就是谈得来的好朋友，何况我们还是表兄弟呢！这里既点出了诗题中的“外弟”身份，也是诗人对“愧君相见频”的宽解。友情和亲情，本来就是人生最重要的情感支撑，诗人从卢纶这里得到了，这也算是他落魄一生中的一抹亮色。这当然是喜，但还是喜中带悲。近代学者俞陛云说这首诗“反正相生”。前两联写悲，后两联写喜，从章法上看，确是如此。但是，前两联的悲是真悲，而后两联的喜则是喜中有悲，这就让诗的整体基调定在了感叹悲凉上，显得秋意逼人。

课堂小彩蛋

在古代诗人的心里，秋天是什么样子的呢？

你还可以知道更多

关于“大历十才子”

所谓“大历十才子”，是活跃在唐朝大历年间的一个诗人群体，这个称号最早见于诗人姚合的《极玄集》，其中介绍李端“与卢纶、吉中孚、韩翃、钱起、司空曙、苗发、崔峒、耿沣、夏侯审唱和，号十才子”。不过，这十个人虽然有“十才子”的名号，却并不像《红楼梦》里的“海棠社”“桃花社”的诗社成员，他们从来没有结过诗社，只是因为生活年代相近，大家互相交往，彼此唱和，对诗有很多共同见解，在外人看来有很多共性，所以才被称为“大历十才子”，有点儿类似于魏晋时期的“竹林七贤”。

他们到底有什么共性呢？简单来说，他们都擅长写五言律诗，诗的题材或是自然山水，或是乡情旅思，相对盛唐而言比较狭窄。还有，他们的诗里虽然不乏脍炙人口的名联警句，但是通篇看则往往格局不大，气势不强。

李益《喜见外弟又言别》

在古代中国，因为交通和通信的限制，人们生活的圈子不大，婚姻的选择范围也不大。这样一来，本家兄弟也罢，中表兄弟也罢，彼此距离都不太远，小时候一起玩耍，长大了一起奋斗，老了还能彼此照应。生活中那些小小不言的温暖和喜悦，好多不就来自这种人情交往吗？

比如司空曙和卢纶这一对表兄弟，都已经是白头老翁了，还是不时来往、互相牵挂。可是，这一切都建立在社会局势相对和平、生活波澜不惊的基础之上。一旦出现变故，那就如《红楼梦》中所说的“三春去后诸芳尽，各自须寻各自门”。那些当年在一起玩耍的孩子，也会天各一方，后会难期。那么，如果有一天，他们意外重逢了，又会是怎样的悲喜交集呢？李益这首《喜见外弟又言别》，写的就是这种情形。

喜见外弟又言别[1]

李益

十年离乱后，长大一相逢。
问姓惊初见，称名忆旧容。
别来沧海事，语罢暮天钟[2]。
明日巴陵[3]道，秋山又几重。

我是谁？

我是李益，字君虞，凉州姑臧（今甘肃武威）人，后迁到河南洛阳。我以写边塞诗知名，擅长写绝句，尤其是七言绝句。我的诗音律和美，为当时乐工所传唱。

注释

① 言别：话别。

② 暮天钟：黄昏寺院的鸣钟。

③ 巴陵：巴陵郡（今湖南省岳阳市），即诗人将去的地方。

译文

经过十年的战乱分离，长大后的我们意外地相逢了。

初见时已认不出彼此，互通姓名后才想起当年的容貌。

离别后世事沧桑变化，我们一直聊到寺院敲响晚钟。

明天，我又要踏上前往巴陵郡的山路，一重又一重的秋山将再次把我们隔开。

这首诗好在哪儿呢?

先看首联："十年离乱后，长大一相逢。"经过了十年的战乱分离，长大后的我们忽然相逢了。这联诗虽然非常简洁，却把该交代的都交代清楚了——十年、离乱和长大。所谓十年，是两人不相见的时间。离乱，是两人不相见的背景。而长大，则是两人再次相见时的状态。分手的时候，两人都还是懵懂顽童，或是刚刚成长为青葱少年。等两人再次见面，已经是十年之后。这足以让一个孩子褪去最初的模样，长大成人。这就是"十年离乱后，长大一相逢"，看起来平平淡淡，但背后有着多少人生的曲折、社会的波澜啊！

再看颔联："问姓惊初见，称名忆旧容。"这是多么富于戏剧性的场面啊：从陌生人的搭讪，到模模糊糊的怀疑，到打听完姓名之后相认的惊喜，再到惊喜之后的无限感慨。这一联诗，十个字，将其全写出来了，写得那么质朴自然，又那么细腻传神。当年整日一起玩耍的小伙伴，如今居然对面不相识。这十年的离别到底都带走了什么？多少往事涌上心头，那是何等百感交集啊！

首联讲相逢，颔联讲相认，颈联要转了："别来沧海事，语罢暮天钟。"一句"别来沧海事"何等凝练、何等深沉！十年了，熟悉的家园早换了主人，牵挂的亲人很多已经亡故，这就是人生的沧桑啊！多少问不完的问题，多少说不尽的思念，就收在"别来沧海事"这五个字里。然后，就在两个人你一言我一语聊完的时候，寺院的晚钟忽然响起来了。两个人一下子沉默下来，这才意识到，时间已经悄悄溜走，红日西垂，这一天就要过去了。于是，一个再也不容回避的问题一下子摆在两个人面前：今天我们相聚了，明天彼此又将奔向何方？

这也就引出了尾联："明日巴陵道，秋山又几重。"明天，诗人又将踏上前往巴陵郡的山道，那一重又一重的秋山将再次把他们隔开，下一次见面不知道又是什么时候了！动荡的时代，漂泊的人生，注定了他们聚少离多。十年不见，一朝相聚，何等难得！可这难得的相聚也只有一天的时间，等到了明天，两个为生活而奔波的成年人又要各自踏上旅途，万水千山，后会难期了！这一联让我们仿佛感受到了秋山的萧瑟、山路的崎岖，感受到两个人之间重重叠叠的障碍，多少惆怅，多少无奈，已经尽在不言中了。

课堂小彩蛋

客栈之中，两个南来北往的旅客偶然坐到了一起，搭起话来，聊着聊着竟发现是旧友。

一别十年，李益和表弟从少年到青年，容颜已变，但更多往事涌上心头……

你还可以知道更多

表达朋友久别重逢的喜悦的诗句

唐诗中有很多篇章都讲到朋友重逢的惊喜，比如杜甫的《赠卫八处士》一诗中有一联："昔别君未婚，儿女忽成行。"那也是沧桑巨变，让人感慨万千。另外，司空曙有一首诗叫《云阳馆与韩绅宿别》，其中有一联"乍见翻疑梦，相悲各问年"，更是动人。诗人不敢相信真的又见到了朋友，还怀疑自己是在做梦；等到确认真的是朋友站在眼前，又感慨于彼此的衰老，互相问对方多少岁了。亦真亦幻，悲喜交加，真是令人动容。可是，"昔别君未婚，儿女忽成行"也罢，"乍见翻疑梦，相悲各问年"也罢，虽然久别，虽然震惊，但至少，彼此都还认识。

杜甫《客至》

中国古人最看重的五伦之中，不仅有君臣、夫妇、父子、兄弟，还有朋友。有人说，兄弟是父母生出来的，而朋友是自己挑出来的。这意味着，朋友间虽然没有血浓于水的天然亲情，却有志同道合的相知之义。这种精神上的默契让我们时时产生会心之喜——当春水涨时，当桃花开时，当朋友来时。杜甫的这首《客至》就表现出了诗人因朋友来访而产生的喜悦和相知之情。

客至[1]

杜甫

舍南舍北皆春水，但见群鸥日日来。
花径不曾缘客扫，蓬门今始为君开。
盘飧市远[2]无兼味[3]，樽酒家贫只旧醅[4]。
肯与邻翁相对饮，隔篱呼取尽余杯。

我是谁？

我是杜甫，字子美，号少陵野老，人称“诗圣”，祖籍襄阳（今属湖北）。我是一个忧患意识比较强的人，也容易感时伤世，所以作品往往比较沉重。和你们一样，我也有自己的偶像——李白。幸运的是，我和他成了好朋友，我们在诗坛齐名，被世人合称为“李杜”。

注释

①客至：客指崔明府，杜甫在题后自注：“喜崔明府相过”。明府，唐人对县令的称呼。相过，即探望、相访。

②市远：离市集远。

③兼味：多种美味佳肴。无兼味，谦言菜少。

④樽：酒器。旧醅：隔年的陈酒。古人好饮新酒，本句表达的是杜甫因家贫无新酒而心怀歉意。

译文

草堂的南北都被绿水环绕，每天只有鸥鸟结队飞来。

撒满落花的小路从来不曾为来客打扫，今天为你打扫了。草堂的门不曾为来客开过，今天也为你打开了。

由于离市场太远，晚餐来不及准备好菜肴。由于家境贫寒，家里只备有陈酒。

如果愿意跟隔壁老翁共饮，那我就隔着篱笆把他叫来作陪。

这首诗好在哪儿呢?

先看首联：“舍南舍北皆春水，但见群鸥日日来。”杜甫草堂靠近江边，春潮涌起，绿水绕宅，鸥鸟亲人，盘旋而下。绿水白鸥，和风艳阳，多令人羡慕！这一联诗给人的感觉特别明媚。那么，杜甫这样写来，是不是仅仅在讲草堂周围环境优美、碧波环绕、白鸥上下呢？又不尽然。

鸥鸟在中国古代有特殊意义，象征着淡泊寡欲、与世无争。杜甫写“但见群鸥日日来”，其实也有这层含义：我避乱在此，不问世事，所以连鸥鸟都亲近我了。可鸥鸟相亲，杜甫恐怕并没有满足。因为他写的是“但见群鸥日日来”，“但”是只有的意思，每天只有鸥鸟来拜访我，有点儿寂寞之感。

首联的一点儿寂寞写出之后，我们才能理解颔联的喜悦之情：“花径不曾缘客扫，蓬门今始为君开。”这联诗其实是句互文：我撒满落花的小路从来不曾因为客人到来而打扫，但是今天为你打扫了；我草堂的门从来没有为客人打开过，今天也为你打开了。客人来访，诗人乐不可支，所以才忙着打扫落花、开门迎客，这是不加掩饰的真欢喜。

看颈联：“盘飧市远无兼味，樽酒家贫只旧醅。”好朋友到了，当然要拿出好酒好菜招待。可是杜甫说出的，却全是抱歉的话。他说：因为离市场远，临时也没法出去买菜，所以只有一盘菜，你就凑合着吃吧。他又说：我家里穷，也没备着新酒，你就凑合着喝点儿隔年陈酿吧。不过，也正是这无兼味的菜和隔年的酒，才越发显示出两个人关系的亲密和不拘小节。能够跟你一起吃大鱼大肉的不一定是真朋友，但是，能够跟你一起吃糠咽菜还甘之如饴的人，一定值得结交！

接下来该怎么收尾呢？“肯与邻翁相对饮，隔篱呼取尽余杯。”菜虽然只有一个，但是管饱；酒虽然是陈酒，但是管够。两个好朋友越喝越高兴，不自觉地手之舞之、足之蹈之了，气氛已经达到高潮。可是，孟子讲独乐乐不如众乐乐。欢乐要有人分享，才会更欢乐。所以，杜甫跟崔明府提议：你若是不嫌弃，我就隔着篱笆把邻居老翁叫过来，让他跟咱们一起一醉方休可好？这联诗也可以佐证崔明府是个好人。要知道，崔明府可是县令，虽然不算大官，但也是一方父母。可是，杜甫却敢跟他提议，把隔壁老头儿叫过来一起喝酒，这就说明崔明府真的不是摆架子、打官腔的势利小人，而是有一颗与民同乐的赤子之心。

课堂小彩蛋

鸥鸟在中国古代具有特殊意义，它们象征着淡泊寡欲、与世无争。

这是词语“鸥鹭忘机”的故事，表示一个人没有机诈之心，连异类都可以亲近。它也可以引申，指人淡泊隐居、与世无争。

你还可以知道更多

《客至》这首诗的写作背景

《客至》这首诗是杜甫五十岁的时候，在成都浣花溪畔的草堂居住时写成的作品。杜甫半生不得志，又赶上安史之乱这个唐朝的大劫难，可谓时乖命蹇。他晚年时到了成都，在朋友的帮助下，建起了一座草堂，后来又当了剑南节度参谋加检校工部员外郎，有了俸禄，才算过上相对安稳的日子。所以，在成都的这四年多时间，也就成了杜甫创作的高峰期。杜甫现存诗歌一千四百多首，其中二百四十多首是在成都写成的。

孟浩然《过故人庄》

朋友交往总是相互的，所谓“来而不往非礼也”。今日你来，明日我往，走动越多，交情越深。上次的相约引来了这次的欢聚，有了这次欢聚，又会有下次的相约。这不是什么惊天动地的大喜事，却足以让我们守得住平淡、望得见幸福。

过故人庄[1]

孟浩然

故人具鸡黍[2]，邀我至田家。
绿树村边合，青山郭[3]外斜[4]。
开轩面场圃，把酒话桑麻。
待到重阳日，还[5]来就菊花[6]。

我是谁？

我是孟浩然，襄州襄阳（今属湖北）人，早年隐居鹿门山。我是山水田园派诗人，诗作大多是写眼前景、身边人。因为我的诗与另一位山水田园派诗人王维的诗齐名，所以我们被合称为“王孟”。

注释

① 过：拜访。故人庄：老朋友的田庄。

② 黍（shǔ）：黄米，古代认为是上等的粮食。

③ 郭：古代城墙有内外两重，内为城，外为郭，这里指村庄的外墙。

④ 斜（xiá）：倾斜。因古诗要与上一句押韵，所以应读 xiá。

⑤ 还（huán）：返，来。

⑥ 就菊花：指饮菊花酒，也是赏菊的意思。

译文

老朋友预备了鸡和黄米饭，邀请我去看看他的田庄。

翠绿的树林环绕着村庄，村外横卧着青青的山峦。

我们推开窗户看着谷场和菜园，又手举酒杯闲谈起地里的庄稼。

等到九九重阳节的时候，我一定会再回来跟你一起观赏菊花。

这首诗好在哪儿呢?

先看首联:“故人具鸡黍,邀我至田家。”老朋友捎信来,说他家里有鸡、有黄米,邀请我到他的田庄里坐坐。这两句诗起得平实自然,真有田园范儿。这一联既不华丽,也不奇特,但是真亲切、真醇厚,一种属于中国的田园风味扑面而来。

那颔联呢?“绿树村边合,青山郭外斜。”诗人高高兴兴地去拜访朋友,边走边看这一路的风光,不知不觉,朋友所在的小村庄已经近在眼前。绿树已经把小村庄给围起来了。想来,这村庄已经颇有些年头了吧,家家桑梓,户户浓荫。绿树的环绕让小村庄别有天地,自成一体。这是眼前的近景。再看远景,一座青山就横卧在小村庄背后,仿佛天然的屏障,让小村庄有了厚实的依托。这景象不是桃花源,一点儿也不虚无缥缈,它就是唐玄宗开元年间的农村,实实在在,透着盛世的快乐与富足。

进了村子,也就到朋友家了。看颈联:“开轩面场圃,把酒话桑麻。”宾主怎样见面、怎样寒暄全都略过了,镜头直接就转到了欢宴。酒席是设在屋里的,农家田舍小,地方应该有点儿局促。但是,天暖了,窗子都打开了,隔窗望去,主人家的打谷场和菜园子尽收眼底。人虽然在屋子里,心和眼却可以自由地行走在田野上,内外一打通,意境也一下就开阔起来,让人心旷神怡。看着打谷场和菜园子,话题自然而然地会转到庄稼上:老天给力,人又勤快,今年应该是个丰收年吧?!这就是“开轩面场圃,把酒话桑麻”。这两句诗真是淡而有味，展现了农家的生活、农家的快乐，让人仿佛身临其境一样。

朋友见过了，酒也喝过了，度过了如此愉快的一天，怎么收尾呢？“待到重阳日，还来就菊花。”诗人是率真的，这次做客高兴，就主动约了下次：等到秋高气爽的重阳节，我“还来就菊花”。好像脱口而出的两句话，故人待客的热情、诗人做客的愉快、主客之间的亲切随意，全都跃然纸上了。但好处还不只如此。诗人为什么要写“就菊花”，为什么不写赏菊花、醉菊花、对菊花？这里就涉及菊花的意象了。在文人眼中，菊花最重要的意象是隐逸。所谓“就”，就是亲近，这不是人对花的把玩，而是君子之间的惺惺相惜。对孟浩然来说，老朋友所过的这种淳朴自然的田园生活就是他的精神归宿，所以他才要跟老朋友再约“待到重阳日，还来就菊花”。这样看来，这首诗看似恬淡超脱，却也有诗人的高洁风骨作为支撑，也正是有这样的高洁风骨支撑，才能写出这样浑厚的好诗来。

课堂小彩蛋

身逢盛世，孟浩然也想为国出力，但无奈知音难觅，无人赏识。

盛世隐居，虽然有些可惜，但孟浩然过上了身心惬意的生活，这大概就是田园生活的治愈力吧。

你还可以知道更多

《红楼梦》中大观园里的稻香村和《过故人庄》中的小山村有何不同?

《红楼梦》第十七回，大观园刚刚落成，贾政带着宝玉等人一起参观，他们游赏到稻香村，“一面走，一面说，倏尔青山斜阻。转过山怀中，隐隐露出一带黄泥筑就矮墙，墙头皆用稻茎掩护。有几百株杏花，如喷火蒸霞一般。里面数楹茅屋，外面却是桑、榆、槿、柘，各色树稚新条，随其曲折，编就两溜青篱。篱外山坡之下，有一土井，旁有桔槔辘轳之属。下面分畦列亩，佳蔬菜花，漫然无际”。这景色看起来不错，贾政特别喜欢，说这个地方返璞归真，都让他有了归农之意。但是宝玉却罕见地并不喜欢，为什么？不自然。他说，这个村庄背山山无脉，临水水无源，一看就是假的。宝玉的眼力好不好？太好了。大观园里的稻香村，不仅山是堆出来的，水是挖出来的，它自身承载的农村符号也是做出来的。又是稻子，又是蔬菜，又是杏花，又是桑榆，又是黄泥，又是辘轳，太想要田园范儿，堆砌了太多的田园符号，反倒显得造作，并没有真正的田园精神。相反，《过故人庄》中的“绿树村边合，青山郭外斜”两句，一点儿多余的东西都没有，只是背后青山、村边绿树，仔细想来，我们心里梦里的小山村，不就是这样既幽静又安宁吗？

虞世南《蝉》

新婚有喜，金榜有喜，会亲有喜，交友有喜，这些喜悦都是人类共通的。那么，做官是不是一件令人欣喜的事情呢？大多数人也许会点头，但也有人会摇头，特别是诗人。因为诗人虽然大都怀抱济世经邦之梦，但真正擅长做官的并不多。官场毕竟在红尘里，而诗人的心却往往在红尘外。这样一来，讲到仕途经济，诗人总以发牢骚为多。不是“不才明主弃，多病故人疏”，就是“冠盖满京华，斯人独憔悴”。真正既能做官，又能写诗，还能把这种两栖生活写出得意，又写出高华感的，虞世南的《蝉》算是典范。

蝉

虞世南

垂緌[1]饮清露[2]，流响出疏桐。

居高声自远，非是藉[3]秋风。

我是谁？

我是虞世南，字伯施，越州余姚鸣鹤（今属浙江慈溪）人。我能文辞，工书法，继承了“二王”的书法传统，外柔内刚，笔致圆融遒丽，与欧阳询、褚遂良、薛稷并称“初唐四大家”。

注释

① 垂绥（ruí）：古人结在颔下的帽带下垂部分。蝉的头部有伸出的触须，形状好像下垂的冠缨。

② 饮清露：古人认为蝉生性高洁，栖高饮露。其实，蝉是在刺吸植物的汁液。

③ 藉（jiè）：凭借，依赖。

译文

低垂着触须的蝉啜饮着清凉的露水，蝉鸣声从梧桐树疏落的枝叶间传出来。

蝉声远传是因为蝉居于高高的梧桐树上，而不是依靠秋风之力。

这首诗好在哪儿呢?

先看第一句:“垂緌饮清露”。蝉的头上有下垂的触须，看起来就像是垂下的帽带一样，所以“垂緌”代表蝉。古人常用这种用部分代指整体，或用特征代指本体的方法，比如，用细腰代指美女、用兜鍪（móu）代指勇士。饮清露，是指蝉的生活习性。蝉本来是靠吸树的汁液生活，古代人观察不细，以为蝉是靠喝露水生活，所以才会说“垂緌饮清露”。在这首诗里，所谓垂緌，不仅指垂下来的帽缨、帽带，还代指达官贵人。古代老百姓一般是裹头巾，而一旦当了官，就要峨冠博带，所以世家大族又可称为“簪缨之族”。而清露，不仅仅是露水，还代表高洁的生活和志趣。

跟形象相比，蝉更吸引人的是声音。看第二句:“流响出疏桐”。所谓流响，是指像流水一样长鸣不已的蝉鸣。而疏桐，则是枝叶疏落的梧桐。直译过来，无非是蝉鸣从梧桐树的枝叶之间传出。但这首诗的意思当然不会这么简单。梧桐在中国可不是一般的树，它自带高贵属性。在诗中，诗人把蝉和梧桐放在了一起，这本身就抬高了蝉的身份。这还不够，他不写“流响出梧桐”，偏要说“流响出疏桐”，一个“疏”字，不仅写出了秋天枝叶凋零的季节特性，还把蝉的身价进一步抬高了。因为在中国传统的审美情趣里，疏比密好，瘦比肥好，暗比明好。

把这两句诗放在一起看，“垂緌饮清露，流响出疏桐”，一个处身高洁，而又魅力非凡的形象跃然纸上。这是蝉吗?是蝉，但又不仅仅是蝉，更是高贵君子。其实，对于君子，特别是对于身处高位的官员来说，只有饮得清露，或者说，只有立身清白，才能“流响出疏桐”，才能让人信服、敬仰。

“垂緌饮清露，流响出疏桐”，蝉的高洁形象已经树立起来了，接下来就是进一步升华了：“居高声自远，非是藉秋风。”这两句诗是议论，但议论得非常自然。它们其实是直接衔接上一句的“流响出疏桐”。为什么蝉声能够穿过梧桐树？这不是因为有秋风暗相传送，而是因为它居于高高的梧桐树上，“居高声自远”了！这和前两句一样，一语双关。所谓秋风，既是指自然界的长风，也指人世间的各种外在力量。在虞世南笔下，蝉鸣不借秋风送，正如那些立身高洁的君子，不需要见风使舵，或者通关节、傍权势，照样能够声名远播，这是何等自信的精神、何等雍容的气度啊！“居高声自远，非是藉秋风”，一个“自”，一个“非”，一正一反相互对照，一个君子对人格力量的高度认可已经溢于言表。

这首咏物诗中的蝉，不像骆宾王诗中的蝉那样“露重飞难进，风多响易沉”，也不像李商隐诗中的蝉那样“本以高难饱，徒劳恨费声”，而是“居高声自远，非是藉秋风”，何等潇洒，又何等得意！它知道自己的力量，也知道自己的位置，而且它自信于自己的力量，也自安于自己的位置，所以它才镇定自若、气定神闲。这真是一种可遇而不可求的境界。在这首诗中，虞世南借小小的鸣蝉自喻，展现自己甘于“饮清露”的书生本色，这不也表现出一种难能可贵的高洁吗？

课堂小彩蛋

虞世南一身高洁，用“居高声自远，非是藉秋风”来形容，再恰当不过了。

虞世南的慷慨直言，并没有惹怒唐太宗，反而让他更得唐太宗青睐。

虞世南还是唐朝初年的“最强大脑”。

一字不差啊！
李世民（唐太宗）
虞世南

虞世南是行走的图书馆，让虞世南来。
陛下，给您拿几本书吧？

你还可以知道更多

三首著名的咏蝉诗

在唐朝，有三首著名的咏蝉诗，被称为“咏蝉三绝”。

除了初唐虞世南的这首《蝉》，还有一首同属初唐，那就是骆宾王的《在狱咏蝉》：

西陆蝉声唱，南冠客思深。
不堪玄鬓影，来对白头吟。
露重飞难进，风多响易沉。
无人信高洁，谁为表予心？

另外一首，则是晚唐李商隐的《蝉》：

本以高难饱，徒劳恨费声。
五更疏欲断，一树碧无情。
薄宦梗犹泛，故园芜已平。
烦君最相警，我亦举家清。

这三首咏蝉诗，风格气度迥异，但都是托物言志，映照出了诗人的内心世界。在这三首咏蝉诗中，虞世南的《蝉》写作时间最早、立意最高、心态最好。

·杜甫《闻官军收河南河北》·

中国古代，出仕自然喜悦，那是人生的成就；还乡更喜悦，那是情感的归宿。中国是安土重迁的农业国家，自古最重桑梓之情。客居他乡，总会愁肠百结，不免“举头望明月，低头思故乡”；一旦有机会还乡，却又未免“近乡情更怯，不敢问来人”。真是进亦忧，退亦忧。然则何时而乐耶？杜甫这首《闻官军收河南河北》最快乐，因为这不是一个人的还乡，更是一个国的复兴。

闻官军收河南河北

杜甫

剑外[①]忽传收蓟北[②]，初闻涕泪满衣裳。
却看妻子[③]愁何在，漫卷诗书喜欲狂。
白日放歌须纵酒，青春[④]作伴好还乡。
即从巴峡穿巫峡[⑤]，便下襄阳向洛阳。

我是谁？

我是杜甫，字子美，号少陵野老，人称“诗圣”。我是一个忧患意识比较强的人，也容易感时伤世，所以作品往往比较沉重。和你们一样，我也有自己的偶像——李白。幸运的是，我和他成了好朋友，我们在诗坛齐名，被世人合称为“李杜”。

注释

① 剑外：剑门关以南，这里指四川。

② 蓟北：泛指唐代幽州、蓟州一带，今河北北部地区，是安史叛军的根据地。

③ 妻子：妻子和孩子。

④ 青春：指明丽的春天的景色。

⑤ 巫峡：长江三峡之一，因穿过巫山而得名。

译文

从剑门关外忽然传来收复蓟北的消息，我刚听闻这个消息就泪洒衣裳。

回过头看妻子和孩子，哪还有愁容？我胡乱地卷起诗书，高兴得简直要发狂。

我要在白日里放声高歌、畅饮美酒，在明媚春光的陪伴下返回故乡。

我盼望着立即动身从巴峡穿过巫峡，接着下到襄阳，然后直奔洛阳。

这首诗好在哪儿呢?

先看首联："剑外忽传收蓟北，初闻涕泪满衣裳。"安史之乱中，杜甫一家辗转流落到梓州，也就是今天四川省三台县，正在剑门关的西南方向。就是在这里，杜甫听说了官军收复河北的消息。为什么是"忽传"呢？因为安史之乱的结束，并不是官军积小胜为大胜，逐步推进，最后直捣黄龙，而是叛军内乱，史朝义自杀，手下将领投降的结果。它带有一定的偶然性，因此也就显得突然。换言之，这不是一个大家心理准备得非常充足的好消息，而是有如春雷炸响、倏忽而至的好消息。这就是"剑外忽传收蓟北"。

但是，正因为有点儿突然、有点儿意外，才会让人一下子陷入狂喜的状态。"初闻涕泪满衣裳"，就是一听之后，马上泪如雨下，涕下沾襟。胜利了，诗人的心情太复杂了，听到好消息的第一时间，当然是喜悦、激动，接着，想起八年的颠沛流离，不免悲从中来。可是，再难再苦的日子终于要过去了，新的生活要开始了。

再看颔联："却看妻子愁何在，漫卷诗书喜欲狂。"回过神来，诗人要把这好消息告诉几年来同甘共苦的妻子儿女，可是，回头一看，妻子和儿女的脸上早已挂满笑容。几年来压在全家心头的愁云惨雾一扫而光，大家一起笑逐颜开。亲人的喜悦又增加了诗人的喜悦。"漫卷诗书喜欲狂"，唐朝的书是卷轴装，看的时候，要像画卷一样展开，看完再卷起来，用丝带系好，这才有利于保存。可是此刻诗人狂喜，没有办法像平时那样把书收好了，他拿起平时珍视的诗书，胡乱地卷成一卷儿。

接下来看颈联："白日放歌须纵酒，青春作伴好还乡。"漫卷诗书，这是在收拾行李打包呀。胜利了，诗人想到的第一件事情不是别的，而是还乡。他要唱着歌回，他要喝着酒回，他要在铺天盖地的春色里，自由自在地回。这就是"白日放歌须纵酒，青春作伴好还乡"。这一年杜甫五十二岁，在当时已经是白头老翁。但是，胜利的喜悦压倒一切，还乡的喜悦压倒一切，所以诗人"老夫聊发少年狂"，他要痛饮狂歌，不顾一切，让满目的春光作伴，快快地回到家乡去。白日、青春、放歌、纵酒，这是何等明媚的意象、何等畅快的心情呀！

最后看尾联："即从巴峡穿巫峡，便下襄阳向洛阳。"这是诗人在头脑里勾画的回乡路线。诗人身在梓州，心飞洛阳。怎么走呢？两句诗中连用四个地名：巴峡与巫峡，是两个峡；襄阳与洛阳，是两个阳。既是句内对偶，又是两句对仗，真是美不胜收！这四个地名，从四川到湖北，再从湖北到河南，彼此之间都有漫长的距离，但是，诗人用穿、下、向三个字，一下子把它们串联到一起，好比电影镜头一样，一个个地点飞驰而过，有如大江放舟、平原走马，气势奔腾而又音韵铿锵，真是一首回乡狂想曲！

而且仔细想来，这几个动词用得多准确呀，从巴峡到巫峡，是长江中上游的一段水路，峡谷险峻，水流湍急，小船如飞梭一般，当然是“穿”；而从巫峡到襄阳一段，虽然还是水路，却已经是水深江阔，可以顺流而下，所以是“下”；从襄阳到洛阳呢，这是水路改陆路了，每走一步，都是朝着洛阳的方向，所以用“向”。这不就是“即从巴峡穿巫峡，便下襄阳向洛阳”吗？炼字如此精准，这才是老杜啊！

“剑外忽传收蓟北”，这是国之喜事；“青春作伴好还乡”，这是家之喜事。一听说官军收复河南河北，马上收拾行装，而且马上神游在路上，这就是中国人对故乡的情义。这不是一个人的回乡之旅，这是安史之乱后多少中原流民的回乡梦与回乡路，也是千百年来多少游子的回乡梦和回乡路。诗人用他的至情至性，把这种急切和奔腾的喜悦表现得淋漓尽致，这才有全诗欢快明朗的节奏和一泻千里的气势，才有这首所谓“生平第一首快诗”。

课堂小彩蛋

天宝年间，唐玄宗沉溺享乐，荒废政事。安禄山和史思明趁机背叛朝廷，发动了战争，被称为“安史之乱”。

安史之乱历时八年，此后唐朝便由盛而衰了。

你还可以知道更多

为什么说《闻官军收河南河北》是杜甫的“生平第一首快诗”？

杜甫号称“诗圣”，以苍生为念，忧国忧民。既然忧国忧民，他就不免愁肠百结。“感时花溅泪，恨别鸟惊心”也罢，“纨袴不饿死，儒冠多误身”也罢，他的诗大部分是感时伤世之作，所以才会那么沉郁顿挫。但是，这首《闻官军收河南河北》却号称杜甫“生平第一首快诗”。

《闻官军收河南河北》，虽然题目只有八个字，但背后却是从公元755年到公元763年，整整八个年头的安史之乱战争史。八年战乱结束，唐朝终于挺过了这场劫难，社会疮痍终于有望平复，漂泊的百姓终于可以回家。听到这个消息，杜甫能不畅快吗？因为有这样的历史背景，所以这个诗题就畅快。

喜是一种极其正面的心情，而怒刚好和它相反。说到怒，头脑里立刻想起来一词一诗。词是相传为岳飞所作的《满江红》："怒发冲冠，凭栏处、潇潇雨歇。……"诗是吴梅村的《圆圆曲》："恸哭六军俱缟素，冲冠一怒为红颜。……"一个为国，一个为身，表现出来的，却都是怒发冲冠。其实，古往今来，所谓愤怒，无非就是这两种情况吧：一种是公愤，一种是私愤。虽然两者的境界可能不同，但都是真切的情感，难以抑制，脱口成诗。

怒

透　过　历　史　学　唐　诗

高适《燕歌行》

当一个时代出了问题，大家都会愤怒。李白面对的问题是朝廷不用，“欲渡黄河冰塞川，将登太行雪满山”，他为自己愤怒；高适遇到的问题是军旅不公，“战士军前半死生，美人帐下犹歌舞”，他为同袍愤怒。无论为了谁、因为什么，他们共同面对的时代是唐玄宗统治的中后期。那个时代，也许在经济上仍然是物阜民丰，但精神上已经出现了巨大的阴影。诗人的心灵是单纯的，但他们的嗅觉最灵敏，他们嗅到了腐朽，喷出了怒火。

燕歌行

高适

汉家[1]烟尘在东北，汉将辞家破残贼。
男儿本自重横行，天子非常赐颜色。
摐金伐鼓[2]下榆关，旌旆逶迤碣石间。
校尉羽书[3]飞瀚海，单于猎火照狼山。
山川萧条极边土，胡骑凭陵[4]杂风雨。
战士军前半死生，美人帐下犹歌舞。
大漠穷秋塞草腓[5]，孤城落日斗兵稀。
身当恩遇常轻敌，力尽关山未解围。
铁衣[6]远戍辛勤久，玉箸应啼别离后。
少妇城南欲断肠，征人蓟北空回首。
边庭飘飖那可度，绝域苍茫更何有。
杀气三时作阵云，寒声一夜传刁斗[7]。
相看白刃血纷纷，死节从来岂顾勋？
君不见沙场征战苦，至今犹忆李将军。

我是谁？

我是高适，字达夫，渤海蓨（tiáo，今河北景县）人。我的祖父是名将高偘（kǎn）。我曾被封渤海县侯，官至散骑常侍，因此世人又称我为“高渤海”“高常侍”。作为边塞诗人，我与岑参齐名，并称“高岑”。

注释

① 汉家：借指唐朝。

② 摐（chuāng）金伐鼓：军中鸣金击鼓。金：行军时用来节制步伐的乐器。

③ 羽书：相当于鸡毛信，也就是告急文书。

④ 凭陵：逼压，即凭借威力，侵凌别人。

⑤ 腓（féi）：病，枯萎。一作“衰”。

⑥ 铁衣：借指将士。

⑦ 刁斗：古代军中煮饭用的铜锅，可用于军中夜里巡更时敲击报时。

译文

唐朝东北边疆起了战火，将军带兵离家前去征讨贼寇。

将军本来就有强烈的立功之心，而天子又格外地给予奖励。

军队敲锣击鼓，直奔山海关，旌旗在逶迤的碣石山间猎猎飘扬。

校尉将告急羽书飞传到浩瀚的沙漠，匈奴单于已将战火烧至狼山。

山河荒芜萧条，一直到边土都是满目凄凉；胡人的骑兵来势凶猛，伴随而来的还有暴雨狂风。

战士在前线白刀相搏，伤亡惨重；将军却在营帐中观赏美人唱歌跳舞。

深秋时节，塞外沙漠的草木都已枯萎；落日时分，边城危急，但可以作战的士兵已越来越少。

身受朝廷恩宠厚遇的将军常常轻敌，战士即便竭尽全力仍然难解关山之围。

身披铁甲的战士在遥远的边疆已经辛苦守卫了太久；丈夫离开后，牵肠挂肚的妻子应该眼泪流了又流。

独守故乡的思妇快要肝肠寸断了；蓟北的征夫时时回首故乡，却什么都看不到。

边塞的战场动荡不安，哪里能够轻易归来；更遥远的边陲更是荒凉不毛。

从早到晚杀气腾腾仿佛凝结成阴云，整夜里听到的都是巡更的刁斗声。

战士与敌人白刃相接，鲜血纷飞；从来都是为坚守节操而死，岂是为了个人的功勋？

你不曾看见战士在沙场拼杀有多惨苦，现在还在思念身先士卒、爱兵如子的李将军。

这首诗好在哪儿呢？

第一部分是前八句，“汉家烟尘在东北，汉将辞家破残贼。男儿本自重横行，天子非常赐颜色。摐金伐鼓下榆关，旌旆逶迤碣石间。校尉羽书飞瀚海，单于猎火照狼山”，写出征。“汉家烟尘在东北，汉将辞家破残贼。”将军之所以要出征，首先是因为东北起了烟尘。边疆告警，将军辞家，这是一个非常正义，也非常雄壮的开篇。但是，为国靖边，并不是出征的唯一理由，还有下两句：“男儿本自重横行，天子非常赐颜色。”原来，将军本来就有强烈的立功之心，而天子又格外予以奖励。

接下来两句讲出征的场面：“摐金伐鼓下榆关，旌旆逶迤碣石间。”军队敲锣击鼓，直奔山海关，他们的旌旗在碣石山间猎猎飘扬。这个行军的场面非常大，非常招摇。“校尉羽书飞瀚海，单于猎火照狼山。”单于本来是匈奴首领的称号，在这里代指敌军首领。而狼山，则是阴山山脉的西段，在这里代指边疆战场。猎火不是打猎的火光，说白了就是战火。就在将军大摇大摆出征的同时，边疆的战火已经点燃，告急的文书也纷至沓来。很显然，双方都已摩拳擦掌，两支军队即将开战。

那么，战争究竟会怎么打呢？看第二部分：“山川萧条极边土，胡骑凭陵杂风雨。战士军前半死生，美人帐下犹歌舞。大漠穷秋塞草腓，孤城落日斗兵稀。身当恩遇常轻敌，力尽关山未解围。”这是讲战败被围。将军那么自信，为什么会战败呢？先看前两句："山川萧条极边土，胡骑凭陵杂风雨。"讲自然环境的险恶。山川萧条，草木零落。一片肃杀之中，敌军卷地而来，伴随他们的，还有狂风暴雨。险恶的环境、不利的天气，已经给了远道而来的战士们当头一棒，更糟糕的还在后头："战士军前半死生，美人帐下犹歌舞。"在战士们白刃相搏、伤亡惨重的时候，将军正在远离战场的大帐中，看美人唱歌跳舞呢！两个如此不协调的场面对比给人一种强烈的震撼。谁都知道战争是残酷的，因此，"晓战随金鼓，宵眠抱玉鞍"的辛劳可以接受；"誓扫匈奴不顾身，五千貂锦丧胡尘"的牺牲也可以接受。但是，"战士军前半死生，美人帐下犹歌舞"这样赤裸裸的腐败、漠视与不公却让人无法接受，让人愤怒，也令人绝望。将军求功心切，却又如此腐败荒唐；战士舍命而来，却又如此伤心失望，战争怎能不失败呢？所以紧接着，真正的失败场面出现了："大漠穷秋塞草腓，孤城落日斗兵稀。"孤城落日、衰草连天，景象的荒凉衬托着兵败的凄凉。一天的战斗下来，战士们死的死、伤的伤，到了日落时分，还能作战的士兵已经越来越少。"身当恩遇常轻敌，力尽关山未解围"，这两句诗的感情何其复杂！有对将军轻敌与腐败的愤懑，有对战士尽力厮杀的敬重，更有对他们身陷重围的深深怜悯。

已经写到战败被围，接下来呢？"铁衣远戍辛勤久，玉箸应啼别离后。少妇城南欲断肠，征人蓟北空回首。边庭飘飖那可度，绝域苍茫更何有。杀气三时作阵云，寒声一夜传刁斗。”这一部分真神奇。本来在写战场的厮杀，而且已经写到战败，让我们觉得已经写无可写了。没想到，诗人忽然荡开一笔，写起了军人和他们的妻子。“铁衣远戍辛勤久，玉箸应啼别离后。少妇城南欲断肠，征人蓟北空回首。”所谓铁衣，当然是铠甲，是戎装戍边的战士；而玉箸则是泪水，是牵肠挂肚的妻子。战士走得太远、太久，妻子的泪水流了又流。这一边是城南少妇肝肠寸断，那一边是蓟北征人频频回首。思妇天天遥望边关，可是她们怎么也到不了边庭；征夫时时回首故乡，可是他们更是看不见故乡。连着三联诗句，一句征夫，一句思妇，一句思妇，一句征夫，他们相互思念，相互牵挂，他们相隔万里，相会无期。这错综交互的诗句就好像反复转换的镜头，随着不断切换，悲剧性也在不断加深。忽然，一声刁斗传来，镜头不再转换，而是重新切回战场：“杀气三时作阵云，寒声一夜传刁斗。”所谓三时，是早午晚三时；而刁斗就是“空闻虎旅传宵柝”中的“宵柝”，白天用于做饭，晚上用于打更。举目望去，只看到战场上空那仿佛由杀气凝成的阴云；倾耳听来，只听到那带着夜间寒气的刁斗。原来，刚刚那家乡、那思妇都是身陷重围的战士们头脑中的想象，一声刁斗，敲破了寒夜，也敲断了他们的思绪。黎明到来了，最后的突围战也即将打响。

这就是第四部分：“相看白刃血纷纷，死节从来岂顾勋？君不见沙场征战苦，至今犹忆李将军。”残存的战士和敌人短兵相接，白刃挥舞，鲜血纷飞。战士们浴血奋战，只是尽着军人的本分，以死报国而已。“相看白刃血纷纷，死节从来岂顾勋”，这两句诗多么残酷，又多么悲壮！战士们的牺牲恰恰和将军“男儿本自重横行”的冒进、“美人帐下犹歌舞”的腐败形成鲜明对照，也催出了全诗的最后两句：“君不见沙场征战苦，至今犹忆李将军。”“李将军”是汉朝的飞将军李广，若论功业，他不及卫青，不及霍去病，但李广爱兵如子——士兵不喝到水，他不近水边；士兵不吃到饭，他不尝饭食。他把士兵当弟兄，士兵也都敬他如兄长。因此，他兵败自杀之后，认识和不认识他的人都为他痛哭流涕。诗人之前以将军对应士兵，以征人对应思妇，到这一句，以古对今。他多么希望，唐朝的将军们也能够像汉朝的李将军一样，拿战士的生命当生命，减少不必要的痛苦和牺牲啊！

课堂小彩蛋

汉朝的飞将军李广，论军功不及卫青、霍去病，可是为什么唐朝的很多边塞诗中都会提到他呢？因为李广爱兵如子，所以受到很多人的爱戴。

李广把士兵当兄弟，士兵也敬他如兄长。

你还可以知道更多

“高岑”组合之异同

高适和岑参合称“高岑”，都是唐朝著名的边塞诗人。他们的区别在哪里呢？抛开细节不谈，有两点最为关键：第一，岑参重自然，高适重人文；第二，岑参气盛，高适思深。

关于《燕歌行》

《燕歌行》是一个乐府旧题，原本是曹丕创造的曲调，我们熟悉的“秋风萧瑟天气凉，草木摇落露为霜”，就是最早的《燕歌行》，讲思妇的哀怨。此后，诗人们也都按照这个路子往下写。但是，《燕歌行》到了高适这里，完全打破了闺怨诗的格局，变成了一首壮怀激烈而又慷慨深沉的边塞诗。

骆宾王《在狱咏蝉》

李白的对朝廷不用之怒与高适的对军旅不公之怒都很大，也很激昂。但并非所有的愤怒都有这样宏大的时代背景和雄壮的英雄基调。怒生于不平，有的时候，这不平非常私人化，但是，仅仅针对私人的不平更让人觉得冤屈，让怒里带着怨、愤里含着悲，比如骆宾王的《在狱咏蝉》。

在狱咏蝉

骆宾王

西陆[①]蝉声唱，南冠[②]客思深。
不堪玄鬓[③]影，来对白头吟。
露重飞难进，风多响易沉。
无人信高洁，谁为表予心？

我是谁？

我是骆宾王，字观光，婺州义乌（今属浙江）人。我与王勃、杨炯、卢照邻合称“初唐四杰”。我出身寒微，少有才名。我的诗歌辞采华赡，格律谨严，有《骆宾王文集》传世。

注释

① 西陆：指秋天。

② 南冠：指有节操的囚徒。

③ 玄鬓：指蝉的黑色翅膀，也用来比喻人正当盛年。

译文

秋日的寒蝉仍然叫个不停，蝉声把我这个囚徒的思绪带向远方。

怎能忍受正当盛年的好时光，独自吟诵白头吟这么哀伤的诗行？

秋凉露重，蝉即使张开双翅也难以高飞；秋风萧瑟，轻易就将蝉鸣声淹没。

谁会相信秋蝉的清廉高洁，又有谁能为我这个清白无玷之人申冤昭雪呢？

这首诗好在哪儿呢？

先看首联："西陆蝉声唱，南冠客思深。"所谓"西陆蝉声唱"，其实就是秋日蝉鸣的意思。所谓"南冠客思深"，就是我这个囚犯思绪万千。这个解释没错，但是南冠的含义，可远比囚徒要深，而是有节操的囚徒。另外，这一联还运用了起兴的手法，以蝉对人，以蝉引人。

看颔联："不堪玄鬓影，来对白头吟。"这还是以蝉对人。蝉通体黑色，又有一对薄薄的黑翅。古代妇女就模仿蝉的样子梳成发髻，这种发髻就被称为"蝉鬓"，又叫"玄鬓"。玄鬓本来就是对蝉的模仿，那反过来说，玄鬓也就可以代指蝉。以玄鬓对白头，其实是说秋蝉乌黑，但自己备受摧残，华发渐生，两两相对，不禁内心伤感。但这只是最直白的那层意思。诗人先是听到秋蝉吟唱，进而看到蝉影，然后才引发对自身遭遇的感慨。所以，这个"玄鬓影"的背后，还有秋蝉的歌声。诗人是说，当年自己也曾经意气风发，像蝉那样高唱不休，可是现在两鬓斑白、一事无成也就罢了，居然还进了监狱，少年才子监狱老，这是何等讽刺、何等可悲呀！

首联和颔联都是用起兴的手法，以蝉引人，蝉人对写。颈联单写蝉："露重飞难进，风多响易沉。"秋凉露重，蝉想飞也飞不起来了；秋风萧瑟，蝉鸣夹杂在风声里，也不再响亮。这是在用比的手法写自己。所谓露重、风多，其实是说政治环境险恶；所谓飞难进、响易沉，其实是说自己仕途不得意，言论被压制，直至人身也失去自由。这秋日悲鸣的蝉正如末路呼号的诗人，蝉和人融为一体，这就是咏物诗的精妙之处。

看尾联：“无人信高洁，谁为表予心？”这其实既是比，又是直抒胸臆。“无人信高洁”，首先仍然是在讲蝉。蝉远离世俗，高居树上，餐风饮露，清心寡欲。可是，谁信它真的如此呢？同样，诗人也立身修行，清白无玷，可是，世事污浊，黑白颠倒，他居然会被诬陷贪赃入狱。他的高洁，又有谁信呢？这是以蝉比人。那为什么又说是直抒胸臆呢？因为“谁为表予心”。蝉的高洁，有诗人替它表白；诗人的高洁，又有谁能代为表白呢？在这首诗中，虽然人蝉一体，但诗人毕竟不是蝉，不能真的在蝉那里找到慰藉。“谁为表予心？”这不仅仅是骆宾王的问题，更是千古忠诚不表、负罪含冤之人的共同心声。这不再是诗人自身的问题，而是具有了一种广大的代表性，因此也就具有了长久的震撼人心的力量。

不知“谁为表予心”的骆宾王一直在寻找知音，最后找到没有？从历史上看，似乎找到了，那就是徐敬业，甚至还参加了他反对武则天称帝的“扬州起兵”。但从另一方面讲，他仍没有找到知音，因为徐敬业起兵的动机不纯，他并不高洁。但无论如何，就是这次起兵葬送了骆宾王，让他从此不知所终，消失在了历史的烟尘中。我们常常讲，唐朝这个伟大的时代成就了许多诗人，但是，同样是这个伟大的时代，也吞没了不少优秀的诗人。这就是历史的复杂之处吧。

课堂小彩蛋

春秋时期，楚国官员钟仪因为打仗失利，被晋国俘虏。他思念祖国，所以一直是楚国人的穿着打扮。

不愧是乐官的儿子。
姬孺（晋景公）
钟仪

回你的祖国去吧，以后就做晋楚两国的和谈使者。
姬孺（晋景公）
钟仪

你还可以知道更多

《在狱咏蝉》一诗的写作背景

骆宾王是"初唐四杰"之一。他可谓是神童，七岁就写下了那首著名的《咏鹅》："鹅鹅鹅，曲项向天歌。白毛浮绿水，红掌拨清波。"这首诗被选入小学一年级课本，一举成为所有中国孩子的童年回忆，知名度不亚于李白的《静夜思》。

事实上，骆宾王也是"初唐四杰"中留下诗作最多的人。这首咏蝉诗是他在狱中写就的。有道是"文章憎命达"，诗人大多天真，又喜欢说话，有时候说多了，不免触犯各种忌讳，常常被贬官，或者干脆当不了官。但是，不得志归不得志，一般还不至于身陷囹圄。

而骆宾王身陷囹圄，和武则天息息相关。当时虽然还是唐高宗时代，但武则天已经晋升天后，在权力的道路上越走越远。她一路上位，不知打破了多少规矩，突破了多少底线。而这些规矩和底线，恰恰是骆宾王作为一个士人内心坚守的东西。他当时的身份是侍御史，算是监察官员。他居然监察到武则天头上去了，不断上书，奉劝她就此止步。这当然会触怒武则天。于是有人就见风使舵，诬陷他贪污。监察官员贪赃枉法当然是重罪，所以骆宾王被抓了起来，关在大理寺的监狱里，等候命运的裁决。

杜牧《泊秦淮》

鲁迅先生有一句名言，叫“哀其不幸，怒其不争”。他对阿Q是这个态度，对华老栓一家是这个态度，对祥林嫂也是这个态度。确实，哀和怒有共性，它们可能针对的是同一种状况——麻木。一个人麻木了，就不会再愤怒。但是，如果一个社会麻木了，那么，它会引发诗人的愤怒。这就是杜牧夜泊秦淮听到歌女欢唱时的心情。

泊秦淮[1]

杜牧

烟笼寒水月笼沙，夜泊秦淮近酒家。
商女[2]不知亡国恨，隔江犹唱后庭花[3]。

我是谁？

我是杜牧，字牧之，号樊川居士，京兆万年（今陕西西安）人，因晚年居住在长安南樊川别墅，故又被称为“杜樊川”，著有《樊川文集》。我的诗歌以七言绝句著称，内容以咏史抒怀为主，成就颇高。大家都称我为“小杜”，以别于“老杜”杜甫。我与李商隐被并称为“小李杜”。

注释

① 秦淮：秦淮河。

② 商女：以卖唱为生的歌女。

③ 后庭花：歌曲《玉树后庭花》的简称。南朝陈皇帝陈叔宝（陈后主）溺于声色，作此曲与后宫美女寻欢作乐，终致亡国，所以后世把此曲作为亡国之音的代表。

译文

迷蒙的青烟和月色笼罩着寒水白沙，夜晚把船停泊在秦淮河畔，靠近岸上的酒家。

卖唱的歌女不知道什么是亡国之恨，隔着江水仍然高唱着《玉树后庭花》。

这首诗好在哪儿呢?

先看第一句，“烟笼寒水月笼沙”。秦淮河里的水也罢，秦淮河边的沙也罢，都笼罩在一片月光水汽之中，都那么迷蒙，迷蒙得像一个梦。这种梦幻感、迷茫感一出来，这首诗的感觉也就出来了。旧游如梦，往事随风，这正是怀古诗的感觉。在这句诗中，首先，烟和水都是流动的，而月和沙是相对静止的，这是以动对静。其次，烟和水色青，而沙和月色白，这是以青对白。一句“烟笼寒水月笼沙”，动静相对，青白相应。它是宁静柔软的，又是清冷迷蒙的，一下子，秦淮河的风韵就扑面而来。

再看第二句，“夜泊秦淮近酒家”。这其实是一个倒装写法。本来，这句话应该是放在前面的，因为诗人先要夜泊秦淮，才能看见“烟笼寒水月笼沙”的景色。可是，如果写成“夜泊秦淮近酒家，烟笼寒水月笼沙”，就太平铺直叙了。所以诗人干脆倒过来，先声夺人，先写扑入眼帘的景致，然后再追述夜泊秦淮的背景，这样一来，主次分明，而且有韵味。

“商女不知亡国恨，隔江犹唱后庭花。”所谓商女，就是歌女。诗人只有靠近酒家，才能听到里面歌女的歌声。她们正在唱《后庭花》。这首《后庭花》，让诗人打开了情感的闸门，无限感慨随之而来。《后庭花》的全名是《玉树后庭花》，是南北朝时期陈朝的末代皇帝陈叔宝陈后主所制的曲子。陈后主还亲自填了词。其中两句是“妖姬脸似花含露，玉树流光照后庭”，所以就叫“玉树后庭花”。这词也罢，曲也罢，本来也没有什么特别不妥的地方，就是讲美女如花。但是，当年，隋朝的大军就要打过长江了，陈后主不思自强，还和张贵妃等一干美女浅吟低唱着《玉树后庭花》，结果隋朝大军从天而降，陈叔宝成了亡国之君，《玉树后庭花》也因此成了亡国之音。这是多么惨痛的历史教训啊！可是，歌女哪里知道这歌声里藏着亡国之痛？她们还在岸上的酒家里唱着这首歌给客人劝酒助兴。这让船上的诗人隔江听来，该是何等感慨！

那么，诗人是在谴责歌女吗？又不是。歌女唱什么歌，还不是随着客人的喜好！秦淮河上的客人不乏被朱佩紫的达官显贵。歌女们唱《玉树后庭花》，背后是达官贵人听《玉树后庭花》，就算歌女无知，贵人们岂能不知这是亡国之音？他们什么都知道，但是，他们还是选择装作不知道，选择掩耳盗铃，选择醉生梦死，这不是和陈后主时代一样了吗？所以这两句诗妙在“不知”，妙在“犹唱”。不知的背后是知道，犹唱的背后是不理会。知道而不理会，就意味着不接受教训，意味着历史悲剧即将重演。

杜牧虽哀且怒，但不喊不叫，只是白描着烟水，也白描着伤痛。但是，这貌似风轻云淡的白描却有着沉甸甸的力量，历千年而不朽，反复出现在沉沦的年代，不停地敲击着麻木的心灵。

课堂小彩蛋

杜牧是一个幸运的人，每次都能得到好人的关照。

劳烦大人记挂，我定会爱惜自己！
杜牧
你这么有才，可别让牛大人失望啊！

杜牧今夜平安无事。
我去哪儿再找你这么好的领导！
杜牧

你还可以知道更多

为什么说杜牧雄姿英发？

在唐朝的诗人里，杜牧最当得起“雄姿英发”这个词。他之所以雄姿英发，是因为他有三个无人能及的优势。

第一是出身好。杜牧出身名门望族京兆杜氏。他的爷爷杜佑官至宰相，建功立业之余还不忘著书立说，修撰的《通典》开创了中国典志体史书的先河，直到今天也是中国古代史专业学生的必读书。

第二是有才干。杜牧二十六岁进士及第，同年又制举登科。读书之外，杜牧还懂政治、知兵法。中学课本选过杜牧的《阿房宫赋》，透过这篇文章可见其气势磅礴，有政治家气象。更难得的是，杜牧在十几岁时就精研兵法，写过十三篇《孙子》注解。文人知兵，也算美谈。

第三是幸运，遇到的人都好。杜牧考进士那年，还没去找大文豪行卷，大文豪就主动帮助他。当时有一位文坛前辈吴武陵与杜牧素昧平生，只是因为看到了他写的《阿房宫赋》，就直接找到主管科举的礼部侍郎崔郾，非要人家点杜牧做状元。

这些都直接影响了杜牧的诗风。杜牧关心政治，偏又身处积弊难返的晚唐，英雄无用武之地。所以，他喜欢写怀古诗，借古人旧事来浇心中块垒，这让他的诗深沉豪迈。但是，因为杜牧的人生顺风顺水，所以他只感慨，不消极，这让他的诗健朗风流。深沉健朗，最后就成了“小杜”风范。

说到哀，不禁想起了曹植的《七哀诗》：“明月照高楼，流光正徘徊。上有愁思妇，悲叹有余哀。……”这首诗很有名，但是，许多人不知道，《七哀诗》不是一个具体的题目，它和《长干行》《行路难》一样，是汉魏乐府的一个大题目，反映的是社会动荡、人生流离的大悲伤。

那为什么叫七哀呢？按照唐朝吕向的解释，“谓痛而哀，义而哀，感而哀，怨而哀，耳目闻见而哀，口叹而哀，鼻酸而哀”。这个解释有点儿迂腐，但是基调并不错。人生的哀伤那么多，又何止七种！哀没有怒那么大的爆发力，却更深沉绵长。如果说怒是一座火山，那哀可能是火山顶上的湖泊，是火山冷却后的泪滴。

哀

透　过　历　史　学　唐　诗

杜甫《江南逢李龟年》

所谓覆巢之下无完卵。每个大悲剧下面，都涵盖着无数个小悲剧。安史之乱这样一场空前绝后的大悲剧，不仅废了李隆基、死了杨玉环，更“捉弄”了千千万万个小人物。这些小人物被时代洪流裹挟，在生活的大江大海中起伏颠簸，他们哀愁的事情不同于天子，但他们哀愁的深度绝不低于天子。

江南逢李龟年

杜甫

岐王[①]宅里寻常[②]见，崔九[③]堂前几度闻。

正是江南好风景，落花时节[④]又逢君。

我是谁？

我是杜甫，字子美，号少陵野老，人称“诗圣”。我是一个忧患意识比较强的人，也容易感时伤世，所以作品往往比较沉重。和你们一样，我也有自己的偶像——李白。幸运的是，我和他成了好朋友，我们在诗坛齐名，被世人合称为“李杜”。

注释

①岐王：唐玄宗李隆基的弟弟，本名李隆范，后为避李隆基的名讳改为李范，封岐王，以好学爱才著称，雅善音律。

②寻常：经常。

③崔九：崔涤，在兄弟中排行第九，中书令崔湜的弟弟。唐玄宗时，曾任殿中监，出入禁中，得玄宗宠幸。崔姓是当时一家大姓。李龟年经常出入岐王和崔九的家中，说明他受到权贵的赏识。

④落花时节：暮春，通常指阴历三月。

译文

当年，我经常在岐王的宅子里看见你，也曾多次在崔九的厅堂前听见你的歌声。

现在正是江南风景秀美的时候，在这落花时节里我再次与你相逢。

这首诗好在哪儿呢?

先看前两句：“岐王宅里寻常见，崔九堂前几度闻。”杜甫在江南遇到老熟人李龟年，说我曾经常在岐王的宅子里看见您，也曾经在崔九的厅堂前多次聆听您的歌声。可别小看这寻常的大白话，这两句话的分量太重了。

重在哪里？重在岐王和崔九。岐王是唐玄宗的弟弟李范；崔九则是唐玄宗的宠臣崔涤，因为在兄弟中排行第九，所以按照唐朝人的习惯，通称崔九。这两个人不仅是皇亲国戚、达官贵人，还是当时文化界的领军人物，是艺术家的知己和保护人。

下面两句：“正是江南好风景，落花时节又逢君。”从追忆一下子转到了现实。杜甫再次见到李龟年，已经是大历五年，即公元770年，开元盛世已经过去了二三十年，搅乱大唐的安史之乱都结束八年了，可是社会始终没有从动乱中恢复过来，国家分裂，满目疮痍。杜甫此时已经将近六十岁，辗转漂泊到潭州，也就是今天的长沙，不仅当年的政治理想未能实现，就连生活也是落魄不堪。那个当年整天出入宫廷的李龟年也已经流落江南，老艺人只能到处卖唱讨生活。

就在这样的背景下，两个白发老翁在江南重逢了。江南当然山明水秀，比当年的长安和洛阳还要美丽。但是，江南的好风景只能反衬出老诗人和老艺人境况的凄凉，所以这一句“正是江南好风景”，以乐景写哀，让悲哀来得更深沉。这样的悲哀，又岂止是杜甫和李龟年两个人的悲哀？当年招待过他们的岐王和崔九已经死去几十年，早已墓木拱矣，创造出开元盛世的唐明皇也已黯然离世，花团锦簇的开元盛世更是一去不返。

在这种情况下再见，两个人谁都不需要说什么，而诗人只说“落花时节又逢君”，一个“又”字，四十年的光阴滑过去了。落花时节，多少感时伤世啊！花儿落了，青春老了，盛世去了，这才是“流水落花春去也，天上人间”！

四句诗，四十年，好像刚刚开头，其实已经结尾。真是沉郁顿挫、蕴藉至极。不仅经历过时代沧桑、人生巨变的人能心领神会，就连我们这些没有经历过大风大浪的太平儿女看了，也会感慨万端、黯然神伤。

课堂小彩蛋

刚刚崭露头角的王维是岐王的座上宾，岐王想帮他在京师求取功名，于是大摆宴席，宴请玉真公主，并让王维身穿华服弹奏琵琶。果然，风度翩翩的王维吸引了玉真公主的目光。

你还可以知道更多

寄情文艺的岐王和崔涤

岐王李范，是唐玄宗同父异母的弟弟，也是唐玄宗的大功臣。当年唐玄宗发动政变铲除太平公主，岐王领兵追随，所以唐玄宗亲政后，对这个弟弟自然高看一眼。但是，也正因为弟弟太能干，所以唐玄宗对他防范有加。只要有政治人物亲近他，玄宗就会立刻把这个人远贬边陲。岐王李范当然明白其中利害，从此不弄风云，只管风月。

崔涤，出身于唐朝最高的高门博陵崔氏一族，才华横溢，政治上也特别有先见之明。当年唐玄宗李隆基还只是临淄王的时候，和崔涤是邻居，两个人都住长安城东边的兴庆里。两个年轻人都风流倜傥，关系特别好。后来李隆基受唐中宗和韦皇后迫害，被发配到山西潞州当别驾，只有崔涤一直送其到华州，也就是现在陕西省渭南市华州区。此后历次政治变革，崔涤一直追随李隆基。玄宗亲政后，对崔涤也特别好，每次宫里请客，崔涤都跟王爷们连榻而坐。也就是说，唐玄宗已经把他当成亲兄弟看待。正因为有这样亲密的私人关系，所以唐玄宗绝不让崔涤干政。崔涤生性活泼，有时候说话不注意，唐玄宗还亲自在他的笏板上写下“慎密”两个字，提醒他小心行事。因此，崔涤在开元年间远离政治，寄情文艺，成了诗人和艺术家的好朋友。

杜甫《蜀相》

在我们的印象里，哀似乎总是和怨联系在一起，形成一个伤感的意象。其实，哀还可以和壮组词——哀壮。哀壮是一种什么样的情感呢？它像屈原举身投江，又像岳飞仰天长啸，让人在流下眼泪的同时，心中升起一股豪气，连云而起，直冲霄汉。

蜀相[1]

杜甫

丞相祠堂何处寻，锦官城[2]外柏森森。
映阶碧草自春色，隔叶黄鹂空好音。
三顾频烦[3]天下计，两朝开济[4]老臣心。
出师未捷身先死，长使英雄泪满襟。

我是谁？

我是杜甫，字子美，号少陵野老，人称“诗圣”。我是一个忧患意识比较强的人，也容易感时伤世，所以作品往往比较沉重。和你们一样，我也有自己的偶像——李白。幸运的是，我和他成了好朋友，我们在诗坛齐名，被世人合称为“李杜”。

注释

① 蜀相：三国蜀汉丞相，指诸葛亮（孔明）。诗题下原有注：诸葛亮祠在昭烈庙西。

② 锦官城：成都的别名。

③ 频烦：频频，好多次。

④ 开：指开创基业；济：指启沃匡助。

译文

诸葛丞相的祠堂去哪里寻找？在成都城外那个长着茂盛柏树的地方。

绿草映照着石阶自带一片春色，黄鹂隔着树叶空有美妙的嗓音。

刘备三顾茅庐多次向诸葛亮求教天下大计，辅佐先主开国、后主继业，忠心耿耿。

可惜出兵伐魏还没取得胜利就先去世了，这常常使后代英雄感慨落泪，打湿衣襟。

这首诗好在哪儿呢?

先看首联:“丞相祠堂何处寻,锦官城外柏森森。”一问一答,看似平平常常,其实气度不凡,这从“丞相”“寻”和“柏森森”三个词上就能看出。虽然蜀汉只有诸葛亮一位丞相,但整个三国却不止诸葛亮一位丞相。诗人不说蜀相,而直接说丞相,意味着在杜甫心中,虽然当时英雄辈出,但只有诸葛亮才是真正的丞相。这个“寻”不仅仅是地理意义上的寻找,还隐藏着精神意义上的追寻。既然是“丞相祠堂何处寻”,就意味着这不是一次随意的春游,而是一场虔诚的拜谒。所谓“锦官城外柏森森”,一方面回答了武侯祠的位置在锦官城,也就是成都城外苍苍翠柏掩映之地;另一方面讲了武侯祠的精神气象,即“柏森森”。柏树苍劲伟岸、经冬不凋,自有一种庄严肃穆的气象。这正是诸葛武侯的精神写照。

看颔联:“映阶碧草自春色,隔叶黄鹂空好音。”这一联写近景,属于特写镜头,写得真动人。它抓住了春天最典型的形象。映阶碧草,是春天最经典的颜色;隔叶黄鹂,是春天最经典的声音。春色好音,一下子就把春天的气氛渲染到了十分,这是整体。再看细节,碧草和黄鹂相对,以碧对黄,颜色鲜亮!这是颜色相对。映阶碧草不仅是绿的,它还是静的;而隔叶黄鹂不仅是黄的,它还是动的,一动配一静,动静相宜。整体感和细节处理得都漂亮,恰是一幅如诗如画的春光图!但春色怡人,却无人鉴赏,这就是“自春色”;好音悦耳,却无人聆听,这才是“空好音”。一下子,武侯祠冷落寂寞的样子跃然纸上。

颈联："三顾频烦天下计，两朝开济老臣心。"由景到人，浓墨重彩，字字千钧，把诸葛武侯的人生际遇、政治理想和功勋业绩都凝练在了十四个字里。刘备三顾茅庐，是诸葛亮一生事业的开始。三顾茅庐的结果到底是什么呢？是下一句，"两朝开济老臣心"。诸葛亮一生，辅佐刘备、刘禅父子。无论是先主后主，也无论是创业守成，都殚精竭虑、始终不渝。杜甫拜谒武侯祠的时候，安史之乱尚未平定，山河疮痍，百姓失所。他多么希望能再出现这样的君臣关系，多么希望自己也能像诸葛武侯那样精忠报国呀！所以说，这一联是真正意义上的今古呼应，是杜甫和诸葛武侯跨越几百年的情感交流。

看尾联："出师未捷身先死，长使英雄泪满襟。"这是《蜀相》的点睛之笔。它把个人情怀放大了，实现了对具体问题的超越。谁都知道，诸葛亮六出祁山，病死于五丈原，北伐不成，赍（jī）志而殁。历史上这样赍志而殁的英雄又岂止诸葛武侯一人！杜甫一生自比稷契，希望"致君尧舜上，再使风俗淳"，可是现实却是国破家亡，身如飘蓬。这不也是"出师未捷身先死，长使英雄泪满襟"吗？

"出师未捷身先死，长使英雄泪满襟"是沉痛的，但是，沉痛之外，另有一种豪迈悲壮，动人心魄。即便知道难以获胜，也还是要出师，这就是一种知其不可而为之的态度，有这样态度的人，无论文官武将，都是英雄。事实上，杜甫这首诗流传之后，"出师未捷身先死，长使英雄泪满襟"就成了千古悲剧英雄共同的心声。

课堂小彩蛋

刘备为了请诸葛亮当自己的军师，三次亲临其草房拜访。

你还可以知道更多

杜甫为什么独尊诸葛亮？

三国的英雄中，有人尊曹，有人尊刘，有人爱周郎，有人敬关公，但杜甫独尊诸葛亮，为他写过将近二十首诗。

特别是在安史之乱中，杜甫流寓成都，踏入蜀汉故地，亲沾诸葛武侯遗泽，亲睹诸葛武侯庙貌，对诸葛亮的敬仰之情更如滔滔江水，一发不收。

《蜀相》这首诗并非凭空而来，而是瞻仰成都武侯祠之后的作品。武侯祠现在是刘备和诸葛亮的合祀庙，但是在唐朝，武侯祠和昭烈庙是分开的，所以杜甫在诗题之后自己加了一个注：诸葛亮祠在昭烈庙西。可见这首诗本来是访古之后的作品，属于登临怀古一类。

这首诗虽然是因为瞻仰诸葛亮祠而写，但诗题并不是“武侯祠”，而是“蜀相”，这意味着杜甫在意的重点是人而不是庙。当年，诸葛亮以一人之力撑持蜀汉半壁江山，得主敬民尊，享千秋祭祀，这样的形象对杜甫有着巨大的感召力。

李商隐《登乐游原》

安史之乱也罢，三国鼎立也罢，寄托的都是诗人的政治感叹。这感叹通常属于贵族，属于知识分子，属于社会中和政治、历史比较贴近的人。但还有一种感叹属于所有人，那就是对生命的感叹，它不针对兴亡，只针对时间。

登乐游原

李商隐

向晚意不适[1]，驱车登古原[2]。
夕阳无限好，只是近[3]黄昏。

我是谁？

我是李商隐，字义山，号玉谿生，怀州河内（今河南沁阳）人。我和杜牧合称“小李杜”，又与温庭筠并称“温李”。我擅长诗歌写作，尤擅律、绝，富于文采，构思精密，情致婉曲，所作《无题》诗，脍炙人口，至于其含义，仁者见仁，智者见智，但凭大家解读。

注释

① 向晚：傍晚。不适：不悦，不快。

② 古原：指乐游原。

③ 近：快要。

译文

傍晚时我的心情不太好，独自驾车登上了乐游原。

夕阳西下的景色的确十分美好，只不过已经快要到黄昏了。

这首诗好在哪儿呢?

先看前两句:“向晚意不适,驱车登古原。”这两句说的是,我临到傍晚的时候心情不大好,就驾着车到乐游原上散散闷。这两句诗完全是就事论事,一点儿华彩都没有。李商隐的诗本来以辞藻华丽、意境朦胧著称,我们习惯的都是“沧海月明珠有泪,蓝田日暖玉生烟”,或者是“身无彩凤双飞翼,心有灵犀一点通”一类,可是到这首诗,却只是最平淡的叙事而已。那为什么这首诗还会传诵千古呢?

因为下两句:“夕阳无限好,只是近黄昏。”这首诗,好就好在这两句,争也就争在这两句。好在哪里?莽莽古原之上,一轮夕阳正沉沉落下。举目四望,只看见一片长天大地,只看见一片金红色的光芒。落日熔金,古原如醉。这辽阔的空间感,这饱和的色彩感,是何等动人心魄呀!我们今天可能就蜗居在斗室之中,但是,只要想象一下,这场景是不是也历历如在眼前?这是它的好处。

那为什么说争也争在这里呢?因为大家对“只是”这两个字有不同的理解,而对这两个字的理解,又直接关涉到对全诗感情基调的把握。“只是”有两个意思。一个是我们今天的通常理解,表示意思的转折,相当于“但是”“只不过”。如果按照这种理解,那么,所谓“夕阳无限好,只是近黄昏”就意味着,这夕阳西下的风景是如此美好,只不过黄昏已经逼近,而一入黄昏,万象俱灭，这一切也就都不见了！美景是这样转瞬即逝，推而广之，人生不也有如白驹过隙？再推而广之，盛极一时的大唐王朝又何尝不是如梦幻泡影、如露亦如电？想到这里，真是让人悲从中来，百感交集。

这样的感慨其实也暗合了李商隐的命运。他少年时代就声名鹊起，却因为生在晚唐乱世，误触党争罗网，结果一生蹉跎，郁郁而终。这样的时代背景，再加上这样的人生际遇，让他早有一种深深的落寞与无奈。所谓“向晚意不适，驱车登古原”，当然可以理解为天色将晚，情绪低落，但也有一种人生将老、回首凄凉的幽微感触。在这样的心绪之下，看到古原落日，看到最美好的景致偏偏在接近消逝的时候才展现出来，内心该是何等眷恋，又是何等无奈！一时间，身世之悲被激发出来，家国之叹也倏忽而至。可是，悲也罢，叹也罢，又能如何呢？该日落还是日落，该迟暮还是迟暮，该沉沦还是沉沦。所以，诗人也只能发出一声浩叹：“夕阳无限好，只是近黄昏。”所有的人生况味、世事感慨都融进了这寥寥十个字。

对于“只是”的另一种理解，建立在对“只是”的另一种解释上。有学者认为，对于唐朝人而言，所谓“只是”，就是“正是”。“只是近黄昏”应该理解成“正是近黄昏”。这样的理解意味着一种截然相反的情绪。诗人本来心绪不佳，登高散闷，眼看着红日西垂，将乐游原染成金色世界，他的心境豁然开朗。长空流丹，古原生辉，正是在这临近黄昏的一刻，诗人看到了天地间最壮美的景色！跟这阔大的场景相比，连脚下的长安城都渺小起来；在这亘古不变的时空面前，汉唐沧桑也只如一瞬。既然如此，个人的一点儿忧愁苦闷又算得了什么呢？按照这种理解，因为登乐游原，诗人从“向晚意不适”的心境中走出来了，他不仅释然了，而且得到了一种精神的升华。

那么，到底哪一种说法是正确的呢？所谓诗无达诂，真是仁者见仁，智者见智。我们已经无法确切地知道李商隐当时真正的心情，但是，无论何时何地，只要看到夕阳西下、落日低回，我们的头脑中都自然而然地会出现“夕阳无限好，只是近黄昏”，我们的心灵也都会在那一刻震颤一下，这就是这首诗的伟大之处吧。

课堂小彩蛋

乐游原是长安城南的一片高地，汉宣帝的皇后许氏特别喜欢这里。

皇后许氏产后去世，因她喜欢乐游原，就被葬在了这里。

后来，汉宣帝在这里修建灵庙，这便是乐游庙。

你还可以知道更多

那些描写乐游原的唐诗

唐朝时，乐游原被圈进了长安城，成了长安城的制高点。站在这里，全城美景尽收眼底。而且，原上有庄严雄伟的青龙寺，再往南走就是风景优美的曲江池，算是“占断城中好物华”。

在唐朝近三百年的时间里，无数文人墨客在此驻足流连，留下了近百首乐游原诗词。其中比较著名的，有相传为李白所写的《忆秦娥》：“箫声咽，秦娥梦断秦楼月。秦楼月，年年柳色，灞陵伤别。乐游原上清秋节，咸阳古道音尘绝。音尘绝，西风残照，汉家陵阙。”它以汉喻唐，气象雄浑，凄美苍凉，被尊为“百代词曲之祖”。还有杜牧的《将赴吴兴登乐游原一绝》：“清时有味是无能，闲爱孤云静爱僧。欲把一麾江海去，乐游原上望昭陵。”离京赴任之前还要登上乐游原遥望唐太宗的昭陵，忠君爱国之心溢于言表，完全不像小杜平时嘻哈浪荡的模样。这首诗也入选了《唐诗三百首》。但是，要论以最简单的内容来表达最丰富的内心，一千多年来脍炙人口的，还是要数李商隐的这首《登乐游原》。

心情其实是有颜色的。喜是黄色，像暖暖的太阳；怒是红色，像燃烧的火焰；哀是灰色，像阴云密布的天空。而乐是彩色，像彩色的焰火，一下子飞上天空，绽放出一朵花来。虽然这焰火的花倏忽而逝，但是看见的人还是会记住它带来的惊艳和喜悦，那是漫长的生命中不可或缺的光彩。

乐

透 过 历 史 学 唐 诗

王翰《凉州词》

乐是小规模的喜。小到什么程度呢？以今天而言，看一场好电影是乐，听一首好歌是乐，吃一顿好饭也是乐。唐朝人又何尝不是如此呢？人生需要一次又一次的欢腾，就像漫漫长途需要一个又一个加油站，乐够了，油加足了，才能精神抖擞，打虎上山。

凉州[1]词

王翰

葡萄美酒夜光杯[2]，欲饮琵琶马上催。
醉卧沙场[3]君莫笑，古来征战几人回。

我是谁？

我是王翰，字子羽，并州晋阳（今山西太原西南）人。我恃才不羁，诗作善写边塞生活，最著名的就是这首《凉州词》，因此被认为是边塞诗人。

注释

① 凉州：今天的武威市，在唐朝属于陇右节度使的管辖范围。

② 夜光杯：用白玉制成的酒杯，光可照明，这里指华贵而精美的酒杯。

③ 沙场：平坦空旷的沙地，古时多指战场。

译文

华贵精美的酒杯里盛满了甘醇的葡萄酒，正要畅饮时听见助兴催饮的琵琶声。

你不要笑话我醉卧在战场上，自古以来出征塞外的将士有几个人能活着回去？

这首诗好在哪儿呢?

先看第一句，“葡萄美酒夜光杯”。一开始，就是一个宴会的特写，仿佛忽然之间，大幕一下子拉开，一个五光十色充满奇珍异宝的宴会从天而降。这个宴会特别富有边地色彩。因为这酒不是一般的美酒，而是葡萄美酒。谁都知道，葡萄也罢，葡萄酒也罢，本来就是西域特产。夜光杯更是西域宝物。把葡萄美酒和夜光杯放在一起，就像我们现在把羊肉串和大盘鸡放在一起一样，一种浓浓的西域色彩扑面而来。本来，苦寒寂寞才是我们对边地的固有印象，可是，这首诗不写边城落日、白骨黄沙，而是直接呈现一场盛宴，诱惑满满，让人感觉到一种出人意料的兴奋。

再看第二句，“欲饮琵琶马上催”。这一句有争议。一种意见认为，宴会刚刚摆开，琵琶就奏响了，催促着战士们赶快上马，准备战斗。还有一种意见认为，酒宴摆开了，琵琶声也随之而起，但并非催战士出征，而是催促着战士们赶快喝酒。那么，到底哪个解释更好呢？个人觉得，诗无达诂，这里理解成催喝酒比理解成催出发好。首先，琵琶不是军乐，若是催出发，显然不能用琵琶。其次，“葡萄美酒夜光杯”，是酒席已经摆好，那么，第二句接催促喝酒，是顺承，意思比较连贯。如果是催出发，就是酒席摆好，但又不让喝了，是逆接。到底怎么来理解更好呢？我们看下两句。

下两句：“醉卧沙场君莫笑，古来征战几人回。”从宴会写到赴宴的人，写到战士们。他们相互劝酒，他们痛饮狂歌：喝吧，喝吧，就算喝醉了躺倒在这沙场之上，你们也别笑话我呀，毕竟自古以来，出征塞外的将士能有几个活着回去呢！有了这两句诗，“欲饮琵琶马上催”的意思就更清晰。是催出发还是催喝酒？当然是催喝酒。如果催出发，那么这酒就是壮行酒，壮行酒岂能喝醉？如果军人在出征之前就喝得烂醉，那得多无奈、多消极？那就不是军人上战场，而是懦夫上刑场了。所以，“欲饮琵琶马上催”应该是催喝酒。

这两句诗一出来，另一个问题也出来了。将士们在喝酒的时候究竟是什么心情？我认为这两句不是悲伤语，而是谐谑语。战士们是说：喝吧，喝吧，就算喝醉了，还怕有人笑话咱们不成？咱们连死都不怕了，还怕喝醉吗？再说了，盛宴难得，你今天不喝，明天战死，岂不冤枉？

因为这是盛唐的边塞。这个时代的战士不是不知道边地苦寒、战场险恶，但是，他们还是一腔豪情、舍生忘死。他们不是借酒消愁，而是在战斗的间歇开怀畅饮；他们并不厌恶戎马生涯，也早已做好了血染沙场的准备。既然如此，面对这难得的闲暇、难得的盛宴，为什么不及时行乐、一醉方休呢？整首诗散发着盛唐时代特有的行乐主义和英雄气象，这才像是王翰写的诗。

课堂小彩蛋

王翰是典型的“高富帅”，虽然他为人轻狂，却有很多人为他疯狂。

据说，王翰曾给当时文坛搞了个排名，还将自己与张说、李邕排在第一等，并在长安城里张榜公布。

你还可以知道更多

王之涣的《凉州词》

黄河远上白云间，一片孤城万仞山。

羌笛何须怨杨柳，春风不度玉门关。

王之涣的《凉州词》，几乎就是边塞元素的集结号。什么元素呢？远去的黄河、孤单的城池、壁立千仞的大山、胡汉分界的玉门关、胡人惯吹的羌笛，还有一直作为离别和思乡代名词的杨柳。每个元素都直接指向边塞，都能让我们想起好多类似的边塞诗。而且，这首诗从最直观的视觉效果写起，一上来就是“黄河远上白云间，一片孤城万仞山”，一个由东向西的全景图，让人一下子就感受到大漠的荒凉与壮阔。然后再把落脚点转到细节，转到羌笛吹出的《折杨柳》，转到“春风不度玉门关”，转到边地的苦寒和军人的思乡，写得悲而不伤、雄劲苍凉。

李白《采莲曲》

采莲是中国古典诗词的一个重要主题。因为采莲虽然是一种劳动，但是它自带美感和诗意——盛夏的时光、碧绿的荷叶、娇艳的荷花，再加上俏丽的采莲姑娘，本身就是一幅画、一首诗，让人自然而然就会产生吟咏的冲动。

除了美与诗意，采莲还是快乐的。这份活儿既不重也不闷，更没有什么严格的时间限制。几个女伴，摇着船，唱着歌，打打闹闹，玩儿也玩儿了，活儿也干了，到了晚上，带回一船的莲蓬、一肚子交换来的小秘密，晚上做梦都带着香气。这种快乐来自夏天、来自劳动，也来自青春本身。

采莲曲

李白

若耶溪[①]傍采莲女，笑隔荷花共人语。
日照新妆水底明，风飘香袂[②]空中举。
岸上谁家游冶郎[③]，三三五五映垂杨。
紫骝[④]嘶入落花去，见此踟蹰空断肠。

我是谁？

我是李白，字太白，号青莲居士，祖籍陇西成纪（今甘肃静宁西南）。大家都知道我喜欢饮酒作诗，也爱交朋友，好友贺知章送了我一个“谪仙人”的称号。因为擅长写浪漫主义诗歌，我被后人誉为“诗仙”，还与好朋友杜甫并称为“李杜”。

注释

① 若耶溪：在今浙江省绍兴市。

② 袂：衣袖。

③ 游冶郎：出游寻乐的青年男子。

④ 紫骝：毛色枣红的良马。

译文

若耶溪畔有一群采莲姑娘，她们隔着荷花聊天欢笑。

照耀着采莲姑娘新妆的阳光直射到水底显现出一片光明，她们带着脂粉香和荷花香的衣袖在空中飘荡。

那岸上是谁家的少年在出游寻乐，三三五五地躲在垂杨树荫里。

紫骝马嘶叫着跑远，落花随之纷纷飞去。此情此景，骚人踟蹰，愁肠空断。

这首诗好在哪儿呢？

“若耶溪傍采莲女，笑隔荷花共人语。”若耶溪是当年西子浣纱的地方，也是出美女的地方。采莲女本身就是美的，在前面加上“若耶溪傍”四个字，让人产生一种宛若西施的联想。可再美的美女，如果只有容貌，没有表情，没有性情，也只是个冷美人，不会让人产生爱怜之心。怎么把这美如西子的采莲女写活呢？

看下一句：“笑隔荷花共人语”。采莲女可不是深闺之中不苟言笑的贵族小姐，她们一边劳动，一边还扶着荷茎，隔着荷花，和伙伴们聊天嬉笑。此句中既有表情，又有动作，还有心情，一下子，采莲女就活了，一笑一语，天真娇俏已经跃然纸上。

下两句：“日照新妆水底明，风飘香袂空中举。”这两句真是明艳。上一句讲“水底明”，下一句讲“空中举”，一个是静态，一个是动态；一个是水下，一个是天上。天和水之间就是明艳的采莲女。采莲女的新妆被高高的太阳照着，一直映到清清的水底；采莲女混合着脂粉香与荷花香的衣袂被风吹着，一直飘到天上去。夏日午间，薄纱轻笼的美人，这些采莲女不仅一点儿不让人觉得香艳，反而让人觉得她们是那么清纯。

四句诗下来，采莲女的美已经写到极致了，接下来怎么写呢？“岸上谁家游冶郎，三三五五映垂杨。”从采莲女的美写到少年的反应了。采莲的女子那么美貌、娇俏，岸上的少年怎能不动心呢？他们三三五五，隐藏在柳荫背后，假装乘凉，其实都在偷看着采莲女。用少年的反应来映衬采莲女的美貌，写得委婉含蓄，更有青春气息。可是，正因为这委婉含蓄，少男少女那种青涩的、遮遮掩掩的感情才活灵活现地展现了出来。

姑娘偷偷地把握着节奏，小伙子傻傻地被带着走。接下来呢？诗人出场了："紫骝嘶入落花去，见此踟蹰空断肠。"诗人本来在更远的岸上，看着这溪水中的采莲女、柳荫下的游冶郎，心生感慨：年轻多好啊，真想加入年轻人的行列。正在这时，紫骝马一路撒欢儿，跑过了岸边的芳草地，草地上的野花纷纷飘落。紫骝马还暗示着时光飞逝，落花则象征着青春难再。正因为青春易逝，才让人觉得青春如此美好。

课堂小彩蛋

李白是个不可救药的浪漫主义者，他描写人物，向来都是审美第一，而且字字透露着中国语言的美，没有一丝寒酸气。

比如，他写一个农村老妇给他盛一碗白米饭：

再比如，他写征夫的妻子给丈夫做寒衣：

你还可以知道更多

最早的一首描写采莲的诗

讲采莲的诗篇，目前能看到最早的一首，是汉乐府的《江南》："江南可采莲，莲叶何田田。鱼戏莲叶间。鱼戏莲叶东，鱼戏莲叶西，鱼戏莲叶南，鱼戏莲叶北。"

有趣的是，既然讲采莲，自然应该既有人又有莲子才对。可是这首诗，通篇没有出现一个采莲人，也没出现一个莲蓬，只用一片田田的莲叶和几尾往来穿梭的鱼儿，就让我们自动脑补出了一池娇艳的荷花、一群活泼的采莲姑娘，甚至还有几个在旁边没话找话、没事找事、不停献殷勤的小伙子。因为民歌最喜欢一语双关，"莲叶"的"莲"谐音"怜爱"的"怜"，鱼戏莲叶象征着小伙子围着姑娘追逐，这些意象在中国人看来，都是不言自明的。所以，虽然这首乐府民歌什么都没说，但是我们都给脑补了出来。

白居易《采莲曲》

同样是写《采莲曲》，李白笔下的采莲女是娇俏的，她们“笑隔荷花共人语”。唐朝另一位重量级诗人白居易，也写过一首《采莲曲》，他笔下的采莲女，又是如何呢？

采莲曲

白居易

菱叶萦[①]波荷飐[②]风，荷花深处小船通。
逢郎欲语低头笑，碧玉搔头[③]落水中。

我是谁？

我是白居易，字乐天，号香山居士，祖籍太原（今山西太原西南）。我与元稹友谊甚笃，共同倡导过新乐府运动，因此被世人合称为“元白”。我在晚年时与刘禹锡唱和很多，人称“刘白”。我写的诗题材广泛，形式多样，语言平易通俗。因我对诗歌创作无比热爱，近乎痴迷，所以有“诗魔”和“诗王”之称。

注释

① 萦（yíng）：萦回，旋转，缭绕。

② 飐（zhǎn）：随风摇曳。

③ 搔头：簪之别名。碧玉搔头：碧玉簪，简称玉搔头。

译文

菱叶随着水波漂荡，荷叶在风中摇曳；荷花深处，小船轻快地穿梭。

采莲姑娘遇见心上人，想跟他说话，又羞涩地低着头笑了，谁料一不小心头上的碧玉簪子却掉进了水里。

这首诗好在哪儿呢?

先看前两句："菱叶萦波荷飐风，荷花深处小船通。"夏日的荷塘里，浮水的菱叶、亭亭的荷叶，一片上上下下、深深浅浅的绿色，非常有层次感。一阵清风徐来，水面起了波纹，水波遇到菱叶，自然形成涟漪；菱叶遇到水波，当然漂漂荡荡。这就是"菱叶萦波"。那"荷飐风"呢？荷茎那么细，荷叶又那么大，即使是无风的时候，都有几分袅娜，若是清风徐来，当然更是袅袅婷婷、摇曳随风。这是一幅多么美好的动态画面呀！

下一句"荷花深处小船通"，从叶写到花。"荷花深处"，让我们有了一个纵深感，好大一片荷塘，满池荷花竞放。忽然，这密密匝匝的荷叶、荷花之间有了空隙，原来是小船划过，让我们知道，这荷塘里还有人在活动。

后两句："逢郎欲语低头笑，碧玉搔头落水中。"这两句由景写到人，两条小船相遇了，一条船上是采莲女，另一条船上居然是采莲女日思夜想的心上人！这多巧呀！看到对面船上的小伙子，采莲女的眼睛都亮了，想要说话，却又咽了回去，怎么办呢？她把头低下去，羞涩地笑了。她这一低头不要紧，一个小意外发生了，她头上的碧玉簪掉到水里了！这就把少女的激动、慌乱表现得活灵活现、淋漓尽致。

能够在日常生活中发现美，并用最精练的七言绝句表现出来，白居易可真不愧"诗魔"的称号啊！

课堂小彩蛋

王昌龄、李白和白居易都写了《采莲曲》，他们写的有什么不同呢？

你还可以知道更多

白居易的诗有哪些独特性?

在唐代的重量级诗人里，白居易称得上是心思细腻、眼光平实，生活化的程度最高。因此，他写名山大川不见得最好，但是，写日常生活、写女性却是最出色的，塑造了很多经典的女性形象，比如，“春寒赐浴华清池，温泉水滑洗凝脂”的杨贵妃，“低眉信手续续弹，说尽心中无限事”的琵琶女，还有“妾弄青梅凭短墙，君骑白马傍垂杨”的痴情私奔女，乃至“母别子，子别母，白日无光哭声苦”的糟糠弃妇，他都能细致入微，写出她们的一颦一笑、所想所思。

“怨”这个字，本来的意思是仇恨，比如“外举不避仇”又可以说成“外举不避怨”，是一种很强烈的感情。但是，后世诗词中用到“怨”字，却把情绪大大地弱化下来，变成了暗暗的不满和嗔怪，带着强烈的女性气息。所以，在唐代的怨诗中，倒有多半是描写含愁的妇人，那么蕴藉，那么婉约，我见犹怜。可是，千万别忘了，这含愁带怨的小妇人背后，是那些千载不磨的大追求：团圆、钟情、公正。怨是值得珍惜的，千万别让它变成怒火，更别让它变成灰心。

怨

透 过 历 史 学 唐 诗

李白《春思》

怨真是一种微妙的心理。它的本质是爱，爱到心里发痛了，不免“别有幽愁暗恨生”。这幽微的愁、暗暗的恨就是怨吧？可是，再怎么怨，也脱不了爱的底子，让人生出无限怜惜。

春思

李白

燕草[1]如碧丝，秦桑[2]低绿枝。
当君怀归日，是妾断肠时。
春风不相识，何事入罗帏[3]。

我是谁？

我是李白，字太白，号青莲居士。大家都知道我喜欢饮酒作诗，也爱交朋友，好友贺知章送了我一个“谪仙人”的称号。因为擅长写浪漫主义诗歌，我被后人誉为“诗仙”，还与好朋友杜甫并称为“李杜”。

注释

① 燕草：指燕地的草。燕，河北省北部一带，此处泛指北部边地，征夫所在之处。

② 秦桑：秦地的桑树。秦，指陕西省一带，此指思妇所在之地。燕地寒冷，草木迟生于较暖的秦地。

③ 罗帏：丝织的帘帐。

译文

燕地的小草刚刚像丝绒般柔软纤细，秦地的桑树早已茂密得压弯了树枝。

当你怀念家乡盼望归家之日时，也正是我因为思念你而愁肠百结的时候。

春风啊！你我素不相识，为何要吹进我的罗帐撩动我的愁思呢？

这首诗好在哪儿呢？

先看前两句："燕草如碧丝，秦桑低绿枝。"燕地的春草才露出头来，还像丝绒一样柔软纤细，而三秦的桑树早已郁郁葱葱，浓绿的叶子把青青的树枝都压弯了。"丝"的谐音是"思念"的"思"。"枝"的谐音是"知道"的"知"，"相知"的"知"。所以，这两句诗还有一个隐含的意思：我思念你，你是知道的呀。

有了这样的感情做铺垫，接下来"当君怀归日，是妾断肠时"就顺理成章了。当你看到春草想到回家的时候，也正是我因思念你而愁肠百结的时候。明明是少妇在思念丈夫，却处处先从丈夫写起。我知道你在思念我，而我呢，早已相思成愁了！

你也相思，我也相思。然后呢？"春风不相识，何事入罗帏。"面对着盎然春意，少妇是寂寞的。这时候，春风仿佛多情一样，掀开了罗帏，想要陪伴一下她。可是，春风多情人无情，少妇不需要春风的陪伴。她说：这恼人的春风啊，我又不认识你，你来干什么呢？表面是春风多情人无情，其实是春风无情人多情。是少妇在心里把春风拟人化了——你这春风，难道是在撩拨我的春思吗？我虽然多情，但也专情，我的深情，只能属于我的丈夫，你又如何能分走我的心呢？这又是何等坚定的表达啊！所以说，这首诗整体是美丽、温柔的，但同时又是坚定的，不仅有色彩美、情感美，更有精神美。

课堂小彩蛋

丈夫去服兵役了，留下妻子独自操持家务。她在忙碌之余，思念着远方的丈夫。

你还可以知道更多

思妇与思妇诗

所谓“思妇”，就是丈夫外出后独自在家的妇女。中国古代男主外女主内，丈夫在外面或者服役，或者经商，或者求学，或者做官；妻子在家留守，纺纱织布，操持家务。于是，游子思乡，怨女思夫，都是诗歌永恒的主题。

现存最早的思妇诗，应该是《诗经·国风·王风》中的《君子于役》：“君子于役，不知其期，曷至哉？鸡栖于埘，日之夕矣，羊牛下来。君子于役，如之何勿思！……”

先秦是思妇诗创作的一个高峰，其第二个创作高峰就是唐朝了。唐朝的疆域辽阔，需要男子戍守；唐朝的水陆畅通，吸引男子经商；唐朝还实行科举，文弱书生也可以出去求学考试。有多少远行的丈夫，就有多少相思的妻子。谁替她们说话呢？大诗人李白有一颗博爱的心，他不光替自己说话，写“天生我材必有用”，也替弱女子说话，写情真意切的思妇诗。

刘禹锡《和乐天春词》

我常常想，那一个个幽闭在深宫里的后妃，最平常也最持久的感觉大概未必是“承恩不在貌”的不平，而是深深的寂寞吧？宫里是无事可做的，理了晨妆，又卸晚妆；喂了八哥，又教鹦鹉……这花朵一般的生命，就这样一点点消磨掉了。而消磨的时候，又有谁知道？

和乐天[1]春词[2]

刘禹锡

新妆宜面[3]下朱楼[4]，深锁春光一院愁。
行到中庭数花朵，蜻蜓飞上玉搔头[5]。

我是谁？

我是刘禹锡，字梦得，中山（今河北定州）人，有“诗豪”之称。我与柳宗元并称“刘柳”，与韦应物、白居易合称“三杰”，还与白居易并称“刘白”。我的代表作品有《陋室铭》《乌衣巷》等。

注释

① 乐天：指白乐天，也就是白居易。

② 春词：春怨之词。“春词”为白居易原诗题目。

③ 宜面：脂粉涂抹得与容颜相宜，给人一种匀称和谐的美感。

④ 朱楼：漆着红漆的楼房，多指富贵女子的居所。

⑤ 玉搔头：指玉簪。

译文

女子精心化好妆容，缓缓走下小红楼；深深庭院锁住了满园春色，让人平添了几分愁闷。

她来到庭院里数着花朵，这时一只蜻蜓飞到了她的玉簪上。

这首诗好在哪儿呢?

看第一句，“新妆宜面下朱楼”。一个美女，脂粉轻匀，莲步姗姗，走下小红楼。美女、新妆、朱楼，真是春意十足，让人心生喜悦。

下一句，“深锁春光一院愁”。楼下的院子里，真是春色宜人、花团锦簇、燕舞莺歌！遗憾的是，大门紧闭，满园的春色都被锁了起来，这样盎然的春意却无人欣赏。她新妆宜面，希望有人看到，有人赞叹，有人喜爱，可是庭院深深，能看见她的只有花，能看见花的只有她，此情此景，让本来兴致勃勃的美人转喜为愁了。

再下一句，“行到中庭数花朵”。满园的春光非但没能排遣她的寂寞，反倒惹起了她更深的感慨，让她更加愁绪满怀。百无聊赖之际，她随手拨弄起了身旁的花朵。

最后一句是神来一笔，“蜻蜓飞上玉搔头”。蜻蜓为什么要飞上玉搔头？第一，因为静。春光寂寞，美人伫立，蜻蜓无人打扰，才会放心落下。第二，因为美。人面桃花相映红，一片花光衣影中，连蜻蜓都分不出来哪个是花、哪个是人，才会落在人的头上。可是，也正是因为蜻蜓这一落，一段大寂寞就出来了，这么美的花、这么美的人，连无知的蜻蜓都会被吸引，怎么人反倒不去陪伴、不知怜惜？蜻蜓有情，正反衬出人的无情，这正是女主人公的愁闷所在。

那刘禹锡为什么不写蜻蜓落在别的地方，偏偏要飞上玉搔头呢？因为玉搔头代表着宠幸，代表着恩爱，可是诗中的女子恰恰无人爱怜，只有“蜻蜓飞上玉搔头”。用这么一句诗作结，整首诗显得婉转含蓄，又回味无穷。这里没有争宠的不平，甚至也没有得宠的盼望，只是那么寂寞地美丽着，让蜻蜓飞上玉搔头。

课堂小彩蛋

汉武帝虽然后宫佳丽众多，但他最宠爱的是李夫人，常常到她的宫里闲坐谈心。

你还可以知道更多

不服气的刘禹锡

刘禹锡，性格潇洒，为人豪迈。他本来少年得志，二十一岁进士及第，三十三岁受知于唐顺宗，参与“永贞革新”，打算在政治上大展宏图。没想到，唐顺宗因病被逼下台，身为革新派的刘禹锡也被贬官重责，从此半生蹭蹬，辗转于穷山恶水之间，长达二十三年。

经历这样的磨难，很多人会一蹶不振，但刘禹锡却越挫越奋，最经典的例子莫过于那两首玄都观桃花诗，前一首是“玄都观里桃千树，尽是刘郎去后栽”，后一首是“种桃道士归何处，前度刘郎今又来”。两首诗前后相隔十四年，再加上之前贬官的九年多，用二十三年的人生书写了大大的三个字——不服气，这倔强、傲岸，真是无人能及。

李白《玉阶怨》

刘禹锡的宫怨诗寂寞。李白也写宫怨诗，跟刘禹锡相比，他的宫怨诗剔透、唯美，还多了一分对理想的追求。

玉阶怨[1]

李白

玉阶生白露，夜久侵罗袜[2]。
却下[3]水晶帘，玲珑[4]望秋月。

我是谁？

我是李白，字太白，号青莲居士。大家都知道我喜欢饮酒作诗，也爱交朋友，好友贺知章送了我一个“谪仙人”的称号。因为擅长写浪漫主义诗歌，我被后人誉为“诗仙”，还与好朋友杜甫并称为“李杜”。

注释

① 玉阶怨：乐府古题，是专写“宫怨”的曲题。玉阶，玉石砌成的台阶。

② 罗袜：丝织的袜子。

③ 却下：回房放下。

④ 玲珑：透明貌。一作“聆胧”。

译文

玉石砌成的台阶上生起了露水，在夜里久久站立会被露水打湿罗袜。

回到房间放下水晶帘子，但仍隔着帘子望着那轮秋月。

这首诗好在哪儿呢?

先看前两句："玉阶生白露，夜久侵罗袜。"玉石砌成的台阶华贵，这暗示了主人公的身份。可是，玉石又是凉的。露水本身意味着秋凉，再加一个"白"字，更有如霜之感，暗示了主人公的处境和心情。薄暮时分，天气转凉，空中的水汽沉降下来，遇到清冷的玉阶，形成细小的水珠。随着天色越来越晚，空气越来越凉，水珠越聚越多、越聚越大，这就是"玉阶生白露"。

"夜久侵罗袜"，清冷的玉阶之上，有个人一直在徘徊，从薄暮到入夜，白露一点点滋生，打湿了她的罗袜。罗袜是华贵的，映衬美人的高贵；罗袜又是单薄的，映衬美人的柔弱。一个如此高贵而又柔弱的美人，却在这秋凉之夜久久徘徊在清露团团的玉阶之上，让人顿生怜惜之情。可是，白露却并不怜惜，还是"夜久侵罗袜"。

再看下两句："却下水晶帘，玲珑望秋月。"美人不堪秋凉，转身回到房间，放下了水晶帘。但她并未入眠，而是隔着珠帘，痴痴地望着那轮玲珑的秋月。

以上是一句句分析，而从整体来看，这首诗有三大好处：第一，美；第二，韵；第三，飘。

先说美。李白有贵族气，他写的诗，愁也美，醉也美，怨也美，无一不美。比如写怨，"玉阶生白露，夜久侵罗袜。却下水晶帘，玲珑望秋月"。玉阶也罢，白露也罢，水晶帘也罢，秋月也罢，都是何等清洁、何等通透、何等尊贵！一种冰清玉洁的美感油然而生。美不仅仅是一些辞藻、一些意象，更是一种精神追求。既然衬托女主人公的意象都如此纯净剔透，那她自然也就没有一丝烟火气；女主人公既然没有一丝烟火气，那么，她所期待的对象也就皎洁高尚起来，宛如秋月一样明净。

再说韵。所谓韵，就是含蓄，耐人寻味。根据诗题来考虑，主人公是一位失宠的宫娥，她望的和怨的，当然都是皇帝。但是，她真的只是一个不得宠的宫娥吗？不尽然，她还可以是一个不得志的才子，甚至是一个壮志未酬的志士。她期待的真的只是皇帝临幸吗？也不尽然，这种期待还可以代指伯乐的青眼，乃至理想的实现。可是，这一切都是我们的想象，诗人什么都没说，他只说罗袜，只说秋月。可是，正因为他什么都没说，什么都不落到实处，才让我们浮想联翩，这就是耐人寻味。

再说飘。所谓飘，就是飞扬。这也是李白最让人神往的精神气象。他受人怠慢，会说"宣父犹能畏后生，丈夫未可轻年少"；他被赐金还山，会说"长风破浪会有时，直挂云帆济沧海"。他的眼睛永远向上，精神永远昂扬。

课堂小彩蛋

班婕妤失宠于汉成帝，退居长信宫，看到华殿落满尘土，一股寂寞之情油然而生。

你还可以知道更多

王昌龄的宫怨诗《长信秋词·其三》

奉帚平明金殿开，且将团扇共徘徊。

玉颜不及寒鸦色，犹带昭阳日影来。

同样是宫怨诗，与李白的《玉阶怨》相比，王昌龄的这首诗，写得何等沮丧、何等没落！它的气势是下沉的，真如寒鸦一般。

柳宗元《登柳州城楼寄漳汀封连四州刺史》

美人怨不宠，才人怨不用。爱情和事业，本来就是人类的共同追求，只不过因为古代社会的性别分工，爱情就成了女性的事业，而事业也成了男性的爱情。女性爱情受挫，就会有闺怨，那么，男性事业受挫，又会产生怎样的心情呢？

登柳州城楼寄漳汀封连四州刺史

柳宗元

城上高楼接大荒，海天愁思正茫茫。
惊风[1]乱飐[2]芙蓉水，密雨斜侵薜荔[3]墙。
岭树重遮千里目，江流曲似九回肠。
共来百越文身[4]地，犹自音书滞一乡。

我是谁？

我是柳宗元，字子厚，河东解县（今山西运城西南）人，我也因此被人称为“河东先生”。因曾任柳州刺史，我又被人称为“柳柳州”。我与韩愈共同倡导古文运动，并称“韩柳”，同列“唐宋八大家”。我的散文多学西汉文章，结构严谨，说理透彻。

注释

① 惊风：急风，狂风。

② 乱飐：吹动。

③ 薜荔：一种蔓生植物，也称木莲。

④ 文身：身上文刺花绣，古代有些民族有此习俗。《庄子·逍遥游》中说："越人断发文身。"

译文

登上柳州高楼远眺，只见连天接海一片荒芜；如海如天的愁思顿从心起，茫茫无际。

狂风胡乱地吹动着水中的荷花，暴雨斜打在长满薜荔的墙壁上。

重峦叠嶂，树林茂密，遮住了远眺的视线；蜿蜒曲折的滚滚江流有如九回之肠。

我们一起被贬到这边远的、有文身习俗的荒蛮之地，但仍然音信隔绝，人各一方。

这首诗好在哪儿呢?

诗题是“登柳州城楼寄漳汀封连四州刺史”，这是柳宗元登上柳州城楼，写诗寄给身处漳、汀、封、连四州的朋友。

首联：“城上高楼接大荒，海天愁思正茫茫。”诗人来到柳州，马上登楼远眺，只见一片荒凉，连天接海。面对此情此景，诗人的愁思也如海如天，茫茫无际。在中国古代，登楼本身就是一个重要意象，往往意味着想要排遣内心的苦闷。然而，诗人在登楼后，只看到周遭无边无际的荒凉，再联想到自己看不到未来的人生，积郁的愁思不仅没有消解，反倒奔涌而出，弥漫于海天之间。

颔联：“惊风乱飐芙蓉水，密雨斜侵薜荔墙。”如果说远景是荒凉，那么近景就是狂暴了。所谓惊风，就是疾风；所谓密雨，就是暴雨。诗人登楼之际，风雨大作。只见疾风扫过荷塘，水浪翻滚，荷花凌乱；又见暴雨随风斜下，如鞭子一样抽打着爬满薜荔的山墙。芙蓉和薜荔象征着人格的美好与高洁。芙蓉出水，何碍于风，而惊风偏要乱飐；薜荔覆墙，何碍于雨，而密雨偏要斜侵。雨横风狂，红消翠减，让人情何以堪？芙蓉和薜荔，就是如柳宗元般单纯而充满理想主义的文人；密雨惊风，就是险恶的政治风暴。

颈联：“岭树重遮千里目，江流曲似九回肠。”抬头只见重峦叠嶂，树林茂密，遮断千里之目；俯瞰只见江流滚滚，曲折蜿蜒，有如九回之肠。“岭树重遮千里目”是实的，是山林遮住了视线，但“江流曲似九回肠”却是实中有虚。这样虚实相对，显得尤为蕴藉，也尤为悲凉。

尾联：“共来百越文身地，犹自音书滞一乡。”在一个人烟稀少、交通不便而又风俗迥异，甚至言语不通的地区，不要说彼此来往，就是通信，也很难办到啊！其实，单单“犹自音书滞一乡”一句，已经是很大的悲剧了，但更大的悲剧是之前的那句“共来百越文身地”。如果你们在长安，而我在柳州，山遥路远，音信不通也就罢了，可我们本来都在岭南，仿佛近在咫尺。或者说，如果我们本来是普通朋友，音信不通也就罢了，可我们偏偏是那么多年患难与共的挚友。近在咫尺，同病相怜的挚友却只能相望、相思而不能相见，更不能相互安慰、相互取暖，这不是更大的悲剧吗？所以，这一联诗，既突出了整首诗的悲剧色彩，又呼应了诗题，让人觉得作者心思缜密，全诗荡气回肠。

课堂小彩蛋

刘禹锡因为一首玄都观桃花诗被贬荒蛮之地播州，作为好朋友的柳宗元请求皇帝，念及刘禹锡家有老母，自己愿意代替他。

你还可以知道更多

柳宗元和他被贬的朋友们

柳宗元与他的四个朋友同属当年唐顺宗“永贞革新”的重要成员。“永贞革新”失败后他们都被贬为司马，而且一贬就是十年。好不容易到唐宪宗元和十年（815）被召回京师，没想到还是不见容于权贵，再度被派往边地。而这一次，他们的头衔都从司马变成了刺史，算是提升了级别。

在这次派遣中，柳宗元是柳州刺史，韩泰是漳州刺史，韩晔是汀州刺史，陈谏是封州刺史，刘禹锡是连州刺史。柳州在今天的广西，漳州、汀州在今天的福建，封州、连州在今天的广东，但在当时，这些地方都属于边荒之地。当年是携手共进的战友，此刻是患难与共的难友，同进同退、同喜同悲这么多年，这五个人绝对是世界上最惺惺相惜，也最同病相怜的朋友。

李商隐《蝉》

蝉的特性有三个：高居树上、餐风饮露、嘶鸣不已。这三个特性都是蝉的生物天性，并无特殊含义，但多情善感的诗人却把自己的人生况味附加上去，让蝉的每个特性都自带品格，令人感慨。

蝉

李商隐

本以高难饱[1]，徒劳恨费声[2]。
五更[3]疏欲断[4]，一树碧无情。
薄宦[5]梗犹泛[6]，故园芜已平。
烦君最相警，我亦举家清。

我是谁？

我是李商隐，字义山，号玉谿生，怀州河内（今河南沁阳）人，和杜牧合称“小李杜”，又与温庭筠并称“温李”。我擅长诗歌写作，尤擅律、绝，富于文采，构思精密，情致婉曲，所作《无题》诗，脍炙人口，至于其含义，仁者见仁，智者见智，但凭大家解读。

注释

① 高难饱：古人认为蝉栖于高处，餐风饮露，故说“高难饱”。

② 恨费声：因恨而连声悲鸣。

③ 五更：天快亮的时候。

④ 疏欲断：指蝉声稀疏，接近断绝。

⑤ 薄宦：指官小位卑。

⑥ 梗犹泛：漂浮不定的桃梗，典故出自《战国策·齐策》。梗，指桃梗。泛，指漂浮。

译文

蝉栖身于高树之上，本来就难以饱腹，还徒劳地因恨而连声悲鸣。

天快亮时，蝉声稀疏至几近断绝，可是满树的碧绿依然如故，毫不动情。

我官小位卑，像个漂泊无依的桃梗。田园早已荒废，家业早已荡然无存。

烦劳你用叫声让我警醒，我也是举家清贫而清高。

这首诗好在哪儿呢?

首联：“本以高难饱，徒劳恨费声。”蝉因为栖身高树而难以吃饱，却还要拼命嘶叫，终属徒劳。这里有趣的是“恨”字。蝉恨自己白白浪费叫声，却并无所得。但它不只是恨自己，还怨恨这世界无情，并不理会它的叫声。其实，蝉鸣是为了求偶，既不徒劳，更不可能有恨意。这是一首咏物诗，蝉只是诗人借题发挥的对象。

颔联：“五更疏欲断，一树碧无情。”“五更疏欲断”，蝉本来没有吃饱，又叫了一夜，到五更的时候，声音已经断断续续，难以为继了。这句写得非常悲情，但真正令人称叹的是“一树碧无情”。尽管蝉鸣欲断，但大树照样在天光的照耀下露出苍翠之色，这是何等冷漠、无情啊！这就是咏物诗，重点永远不是事物本身，而是人附加在事物上的感情。

颈联：“薄宦梗犹泛，故园芜已平。”诗人已经抛开咏蝉的外衣，直面自己的人生悲剧。“薄宦梗犹泛”，自己当着一个小官，每天装模作样，像一个摇头摆尾的木偶人；为了衣食东奔西走，又像那个漂泊无依的桃梗。“故园芜已平”，田园早已荒废，家业早已荡然无存。官固然是难做下去，家更是回不去，这样的人生，何等悲凉！

尾联：“烦君最相警，我亦举家清。”尾联的作用是合。合到哪里呢？自然是合到蝉上。不过，这蝉不是自然之蝉，而是拟人之蝉，是“君”。以君对我，是同病相怜，更是同声相应。蝉之难饱，恰如我之薄宦；蝉之面对无情碧树，恰如我之面对凉薄世道，这是同病相怜的部分。但重点是，蝉明明知道高难饱，还是要登高；我明知清高会受挫，也还是要清高，这才是真正的物我一体，同声相应。既然如此，蝉之嘶鸣，就仿佛在提醒我坚守清贫、坚守清白，而我也慨然呼应。“烦君最相警，我亦举家清”，这种困境中的坚守，哀婉中的不屈，不正是诗人的志气和操守吗？诗写到这里，境界一下子就升华了。

课堂小彩蛋

《战国策》里有一个“梗犹泛”的典故，意思是泥人有来路、有去向，而桃梗只能随波逐流。

你还可以知道更多

李商隐的坎坷人生

李商隐经历坎坷，潦倒终身。他早年丧父，为了撑持门户，不得不给人抄书度日。但与此同时，他又是个神童，五岁诵经书，七岁弄笔砚，十五六岁就名扬天下。

这样的才华让他被很多人看好，也让他在有意无意之中卷入了当时著名的官场内斗——牛李党争。他跟两派都有关系，其结果不是两派都提携他，而是两派都打击他，最终他成为两派斗争的牺牲品。

这样的人生悲剧让李商隐的诗往往笼罩着悲凉的色彩，比如“五更疏欲断，一树碧无情”。尽管如此，李商隐从未失去底线，从未失去士人风骨。孟子说：“无恒产而有恒心者，惟士为能。”所谓“烦君最相警，我亦举家清”，不就是士人的恒心吗？

李白《登金陵凤凰台》

唐朝的诗人有到处游览、信笔题诗的习惯，既借景抒情，又以文会友。所以，当时的风景名胜往往都有若干人吟咏。你题一首，我和一首，透着风雅，也带着较量。

比如，李白来到黄鹤楼，看到了崔颢写的“昔人已乘黄鹤去，此地空余黄鹤楼。黄鹤一去不复返，白云千载空悠悠……”，大加赞赏。

他的《登金陵凤凰台》就是对《黄鹤楼》的致敬之作。

登金陵凤凰台[1]

李白

凤凰台上凤凰游，凤去台空江自流。
吴宫[2]花草埋幽径，晋代[3]衣冠[4]成古丘。
三山[5]半落青天外，二水中分白鹭洲。
总为浮云能蔽日，长安不见使人愁。

我是谁？

我是李白，字太白，号青莲居士。大家都知道我喜欢饮酒作诗，也爱交朋友，好友贺知章送了我一个“谪仙人”的称号。因为擅长写浪漫主义诗歌，我被后人誉为“诗仙”，还与好朋友杜甫并称为“李杜”。

注释

① 凤凰台：在金陵凤凰山上。

② 吴宫：三国时孙吴曾于金陵建都筑宫。

③ 晋代：指东晋，南渡后也建都于金陵。

④ 衣冠：指的是东晋文学家郭璞的衣冠冢。

⑤ 三山：是三座彼此相连的小山，当时就在金陵城西南的长江边上，离金陵城有五十多里。

译文

曾经凤凰台上有凤凰来悠游；如今凤去台空，只有江水依旧在滚滚奔流。

吴国宫殿里的花草已埋没幽径，晋代的簪缨世族都已成荒冢古丘。

远处的三山就像在青天之外，江水被白鹭洲分成两条河流。

天上的浮云总是能遮蔽太阳，看不见长安城怎能不让人忧伤？

这首诗好在哪儿呢？

看首联：“凤凰台上凤凰游，凤去台空江自流。”这是登临之后的即景抒情，写出了凤去台空的惆怅。元嘉年间，正是刘宋政权最强盛的时刻，在历史上号称“元嘉之治”，所以当时有“凤凰”来集。但是后来，凤去台空，江山易主，人事代谢，只有台下江水依旧滚滚东流，这令人何等感慨呀！

看颔联：“吴宫花草埋幽径，晋代衣冠成古丘。”衔接首联的情感，具体讲了两个时代的兴衰。当年，吴国建都金陵，宫里到处都是莺声燕语、瑶草琪花。可是现在，站在凤凰台上再望过去，那里都已经成为荒垄幽径。东吴过去了，东晋又在这里建都。东晋时期，有多少簪缨世族、多少玉堂人物啊！可是如今，豪门贵胄、王谢人家都已经成为一堆荒冢，无影无踪了。人生短暂，世事无常，这也正是人们在看古迹的时候最常有的感慨吧。

看颈联：“三山半落青天外，二水中分白鹭洲。”从低头沉思历史，转为放眼大好河山。诗人从凤凰台上极目远眺，看见远处的三山渺渺茫茫，若隐若现，和青天连在一起，仿佛有一半已经落在青天之外；再往下看，白鹭洲横截于长江之中，把滚滚长江分成两道白练。这一联多工整啊，三山对二水，是数字相对；青天对白鹭，是颜色相对；半落对中分，更是妙不可言的动作相对。工整之外还有雄壮，三山和青天融为一体，白鹭洲又把长江劈为两半，一种浑雄浩大的气象扑面而来，这里不仅有山水的力量，更有诗仙李白的力量。这一联诗写景阔大，让人的眼界、心胸都一下子开阔起来。那开阔意味着什么呢?

看尾联："总为浮云能蔽日，长安不见使人愁。"视野开阔之后，诗人看得更远了，从金陵一直看向了长安。天上的浮云遮住了太阳，也遮住了诗人西望的视线，长安城看不见了，诗人也忧愁起来了！诗人真的是在看长安城吗?当然不是，他是在遥望大唐帝国的行政中心，遥望当朝皇帝。无论何时何地，他从没有放弃过得君行道、大展宏图的梦想！但是，无论怎样眺望，他还是看不到长安、看不到皇帝，也看不到施展才华的机会。

课堂小彩蛋

在凤凰台的一座小山上，有三只五彩斑斓的神鸟飞到山间，它们的叫声特别悦耳，人们都说它们就是凤凰。

你还可以知道更多

崔颢的《黄鹤楼》与李白的《登金陵凤凰台》

昔人已乘黄鹤去，此地空余黄鹤楼。
黄鹤一去不复返，白云千载空悠悠。
晴川历历汉阳树，芳草萋萋鹦鹉洲。
日暮乡关何处是？烟波江上使人愁。

崔颢的《黄鹤楼》是高而飘的，真如黄鹤翩跹；而李白的《登金陵凤凰台》却沉而雄，有如大江奔流。人生也罢，诗歌也罢，都是如此，飞上天时，别忘了俯瞰大地；踩在地上，也能够仰望星空。把喜、怒、哀、乐、怨都尝一遍，那才是唐诗，那才是人生。